宮廷魔術師の婚約者
書庫にこもっていたら、国一番の天才に見初められまして!?

春乃春海

JN092267

23207

角川ビーンズ文庫

Contents

宮廷魔術師の婚約者
書庫にこもっていたら、国一番の天才に見初められまして!?
クイン・ブランシェット
国一番の宮廷魔術師。メラニーを弟子に迎える
メラニー・スチュワート
侯爵家令嬢。魔力はほとんどないが、古代語が読める
characters

ケビン・フォステール

フォステール王国第一王子。
クインの友人

メルル

メラニーの使い魔である
白い大蛇

エミリア・ローレンス

男爵家令嬢。
ジュリアンの婚約者

ディーノ

古代魔術研究室の魔術師。
クインに憧れている

ダリウス・スチュワート

メラニーの叔父。
魔法学校の教授

ジュリアン・オルセン

公爵家嫡男。メラニーとの婚約を破棄し、
エミリアと婚約する

本文イラスト／vient

プロローグ

　その日、公爵家の嫡男のジュリアン・オルセンと男爵家の娘のエミリア・ローレンスの婚約を祝うパーティーが開かれていた。

　今日の主役となるジュリアンとエミリアは美男美女のカップルで傍から見てもお似合いの二人である。

　サラサラと流れる金色の髪と青く美しい瞳、甘いマスクといった完璧な容貌に加えて、公爵家嫡男という地位を持ったジュリアンは、昔から多くの貴族令嬢にアプローチされるほど人気の青年だ。

　対するエミリアは赤い巻き髪が特徴の麗しい令嬢で、彼女の妖艶な笑みとそのグラマラスなボディに虜になっている男性は多い。

　そんな誰もが羨むカップルだったが、そのパーティーに参加している貴族たちの視線はどこか冷ややかであった。それはこの主役の二人が婚約に至るまでの醜聞が関係しており、参加者たちは主賓から離れた場所で噂話に花を咲かせていた。

「侯爵家の娘から男爵家の娘に婚約者を乗り換えるなんてオルセン家は馬鹿なことをした

ものだ。婚約破棄されたスチュワート家がこのまま黙っているとは思えないぞ」

「でも、あのスチュワート家が婚約破棄を承諾したということは、娘の方に問題があったのではないか？　確か、メラニーと言ったか？　あまり目立たない地味な令嬢だったよな」

「あら、ローレンス家の娘がジュリアン様を唆したんでしょう？　なんでも侯爵家の娘とは親友だったらしいじゃない。親友の婚約者を奪うなんて、あの令嬢もよくやるわね」

「あの美貌なら男の一人や二人簡単に落とせただろうな。どうせ、公爵家の金が目当てなんだろう」

様々な憶測が飛び交うなか、渦中の二人はそんな自分たちを取り巻く醜聞などまったく気にしていない様子でべったりと寄り添いながら笑顔で参加者に対応していた。なんせ、二人は婚約が決まったばかりの愛し合う恋人同士。周りの目など何も気にならない。それに流れている噂はおおよそ合っていることだったからだ。

そんな彼らの前に、ジュリアンの友人である青年がワイングラス片手にやって来た。

「よう、ジュリアン。それと麗しのエミリア嬢。この度は婚約おめでとう。まさかお前がスチュワート家の娘を捨てて、エミリア嬢と婚約を結び直すとは思ってもいなかったよ」

「所詮は親が勝手に決めた婚約だったからな。前々から不満だったんだ。メラニーとやっと別れることができて清々したよ。これも全て、婚約破棄に協力してくれたエミリアのおかげだよ。やっぱり、僕にはエミリアのように美しく、魔術の才能に溢れた賢い女性が相応しいからな」

そう言ってジュリアンはエミリアの腰を抱き寄せると、うっとりとした眼差しで彼女を見つめた。

「やだ。ジュリアンってば、恥ずかしいわ。でも、メラニーがジュリアンと不釣り合いだったことは本当よね。あの子にあるものと言えば侯爵家の家柄だけでしたもの」

「おや、エミリア嬢はそのスチュワート家の娘と親しかったのではないのですか？」

「あの子が独りぼっちだったから仲良くしてあげただけですわ」

「エミリアは優しいからな。あの根暗なメラニーに付き合っていたのは君くらいなものだよ」

「公爵家嫡男の婚約者の癖に、碌に社交界に顔も出さずに家に引き籠っている子ですもの。私以外に友達もいないわ。あ、でも一人いたかしら。正確には蛇だけど」

「蛇？」

「メラニーの使い魔だよ。白い巨大な蛇でな。趣味の悪い使い魔だった」

「碌に魔力もない癖に使い魔を使役するなんて、生意気よね」

「魔力がない？　スチュワート家の娘なのにか？」

青年が驚くのは無理もない話だった。スチュワート家と言えば、代々有名な魔術師を輩出してきた魔術師の名家だったからだ。

「あら？　知りませんでした？　あの子、魔法学校にも通えないほどの落ちこぼれでしたのよ」

「その通り。あの女は貴族としても、魔術師としても落ちこぼれだったんだよ」

次から次へと元婚約者への誹謗が止まらないジュリアンたちに友人の男は腑に落ちない表情で首を傾げていた。

「……そんなに問題のある令嬢だったのか」

「どうした？　なぜ、そんなにメラニーのことを聞きたがる？」

「まさか、メラニーに興味があるの？　止めておいた方がいいですわ」

不審に思ったジュリアンたちは顔を顰め、青年に忠告した。しかし、青年は驚いた顔で首を横に振って彼らに言った。

「なんだ、聞いていないのか？」

「何をだ？」

「そのメラニー嬢が、この国一番の宮廷魔術師、クイン・ブランシェット様と婚約したそうだぞ」

「「えっ⁉」」

第一章　メラニー・スチュワート

メラニー・スチュワートは国内でも有名な魔術師の家系であるスチュワート家の娘である。

肌は白く、明るい茶色のふわふわとした長い髪と宝石のような明るいグリーンの瞳を持った小柄な少女は、普通にしていれば可愛らしい女の子であったが、極度の人見知りの上に、怯えたような態度のせいで周りに暗い印象を与える子であった。

年は十七歳。

メラニーには同い年のジュリアン・オルセンと言う公爵家の婚約者がおり、数年後にはそのジュリアンと結婚する予定だった。

それなのにだ。

「メラニー。僕は君との婚約を破棄して、エミリアと婚約することにした」

婚約者であるジュリアンは爽やかな笑顔を向けてメラニーに告げた。

それはとある貴族の館で行われたパーティーでの一幕だった。パーティーの終わりにちょっと話があるからとジュリアンに誘われ、人気のない中庭に連れていかれると、そこにメラニーの親友であるエミリアが待っていた。

彼女の姿を見てメラニーの腕を振り解いたジュリアンは愛おしそうにエミリアの手を取った。

美男子のジュリアンと、美しいエミリアが並ぶとそれだけで絵になるようだったが、ジュリアンはメラニーの婚約者であり、しかもエミリアはメラニーの友人である。その二人がなぜ愛おしそうにお互いを見つめ合っているのだろうか。まるで恋人同士のように仲睦まじく寄り添う二人の姿にメラニーは混乱した。

メラニーが状況についていけずに唖然としていると、エミリアがジュリアンに腕を絡ませながら、その艶やかな唇を深い笑みの形にした。

「ごめんね、メラニー。私、ジュリアンのことを好きになってしまったの」

口では謝っているが、どう見ても彼女は笑っていた。そんなエミリアの台詞に続けて、ジュリアンも晴れやかな笑顔のまま言う。

「こんなことになって君も驚いただろう。でも、わかってくれ。魔力も碌にない君より、魔術師として将来有望なエミリアの方が公爵家の婚約者として相応しいんだ」

それはあまりに身勝手な言い分だった。しかしこの時、ショックのあまり何も言い返すことができず、結局このままメラニー・スチュワートとジュリアン・オルセンとの婚約は破棄されることとなったのだ。

そもそも、公爵であるオルセン家が侯爵のスチュワート家に縁談を持ってきたのは、強力な魔術師の一族として国内でも有数の権力を持ったスチュワート家の後ろ盾を得るためであった。言わば貴族間の政略結婚だったのだが、ここに一つの問題があった。

婚約者として選ばれたメラニーは生まれつき魔力をほとんど持ち合わせていなかったのだ。

基本的に魔力は主に親から子へと代々受け継がれることが多く、スチュワート家のように魔術を主軸として力を伸ばしてきた貴族の子どもは強大な魔力を持って生まれることが多い。しかし、メラニーは一族の中で一人だけ、生まれ持った魔力量が著しく乏しかった。所謂、落ちこぼれというやつである。

だがスチュワート家の権力を望んだオルセン家はそんな落ちこぼれのメラニーを受け入れ、結局婚約は結ばれたのだが、当事者であるジュリアンは不満たらたらであった。

メラニーもメラニーで顔は良くとも自分を毛嫌いする相手に恋心が芽生えるはずもなく、二人の間には七年という長い付き合いにもかかわらず、一切甘い感情が流れることはなかった。

そもそも、頭も良ければ顔も良いジュリアンは昔から周りの令嬢たちにそれはもうモテており、プライドも高く、自尊心も高かった。そんな性格のジュリアンと人見知りで大人しいメラニーとでは何から何まで合うところはなく、二人は上辺だけの婚約者であった。

それでも一度決まった公爵家と侯爵家という家柄同士の婚約はそうそう無かったことにできるものではない。恋愛感情を伴わない貴族の結婚など往々にしてよくあるものだったし、結婚に対して夢を持っていなかったメラニーは、このまま成人して結婚するものだと疑うことなく思っていた。

それに公爵家に嫁入りすることは、一族の落ちこぼれとして唯一自分が家のために役立てる道だと思っていた。落ちこぼれの自分にも家族は優しく愛情を持って接してくれたが、それを申し訳なく思っていたメラニーにとって、大切な婚約だったのだ。

しかし、無情にもジュリアンはメラニーに婚約破棄を突きつけ、しかもよりによって親友であったエミリアと婚約を結び直すと言うではないか。

一方的に婚約の破棄をしようとするジュリアンもそうだが、その隣に嘲笑うように立っていたエミリアの姿も信じられないことだった。

引っ込み思案なメラニーにとってエミリアは心を許せるかけがえのない友人で、そんな友が自分を裏切ったことが余計にメラニーの心を傷つけていた。

エミリアの生まれたローレンス家は、最近になって男爵の爵位を得た新参者の貴族であった。新生魔術と呼ばれる、詠唱時間の短縮や魔力の消費量を削減した、新しい魔術を生み出し、今貴族の間で注目されている家である。エミリア自身もその新生魔術に特化した魔法を研究し、魔術師としても非常に優れた才能を持っていた。

加えて見目麗しい容貌を兼ね備えており、男性陣から非常に人気のある令嬢でもあった。性格も明るく、自分の意見をきっぱりと言う姿は、大人しくて人の陰にいつも隠れているようなメラニーとは正反対だったのだが、それでも二人は仲の良い友人だった。

過去にはジュリアンに好意を向ける令嬢に絡まれたとき、大人しいメラニーの代わりにその令嬢たちを追い払ってくれたこともあった。

その時は、「メラニーも侯爵家の娘なんだから、あんな子たちに言われっぱなしじゃだめよ」と言ってくれたのに、そのエミリアがジュリアンを奪うなんて、未だに信じられなかった。

(ひょっとしたら、エミリアもジュリアンと同じで、何の取り得もない私を疎んでいたのかもしれない。魔術師の一族としても、侯爵家の娘としても私は相応しくない。私ってどうして、こんな落ちこぼれなのだろう……)

婚約者と親友の二人を一度に失い、あまりのショックに数日寝込んでいる間に、スチュワート家とオルセン家の両家の間でも話がまとまり、ジュリアンとの婚約はあっさりと解消されることとなった。

正式に婚約の解消が決まった後、リビングに集まった家族に囲まれ、メラニーはしょんぼりと項垂れていた。

「メラニー、そんなに気を落とすことはないよ。あんなクソみたいな男にメラニーは相応しくなかったんだから」

メラニーの二つ上の兄が言えば、隣に座った一つ下の妹が大きく頷いて賛同する。

「ええ、お兄様の言う通りですわ。あんな顔だけの男のところに、お姉様が嫁がなくて良かったです」

兄妹の言葉に続けて、今度は父と母が沈痛な面持ちでメラニーに謝った。

「メラニー。あんなつまらない男と婚約をさせてすまなかった。最近の公爵家は魔術だけでなく、人間も腐っているとは思いもしなかったよ」

「そうね。あんな愚かな子だと知っていたら、もっと早く婚約を取り消していたわ。これは見抜けなかった私たちの責任です。あなたが悔やむことなんてないわ。オルセン家とは付き合い方を改めないといけないわね」

ここぞとばかりにジュリアンとオルセン家をこき下ろす家族に、メラニーは落ち込んでいる自分を気遣って言ってくれているのだと思い、慰めてくれる家族に感謝した。

「お心遣いありがとうございます。……でも、私、これからどうすればいいか……」

公爵家との縁談がなくなり、今後の自分の将来について考えると泣きそうになった。優秀な魔術師である兄や妹とは違い、これといった特技もなく、スチュワート家の人間としてお荷物である自分が悲しかった。

再び、縁談を望んだとしても、今頃社交界ではメラニーがジュリアンに婚約破棄されたことは大きな話題となっているはずだ。しかもメラニーは侯爵家の令嬢。それが男爵家のエミリアに婚約者を奪われたとなれば、どんな噂が飛び交っているかわからなかった。そんな汚名の付いた令嬢をわざわざ娶りたいという人間はいないだろう。

そう考えると両親が決めてくれた良縁をみすみす破談にさせてしまったことが申し訳なくて、この場にいることすら居た堪れなくなった。

「すみません。泣き言を。……私、お部屋に戻りますね」

メラニーは込み上げそうになる涙を堪えて、席を立った。

「……メラニー」


メラニーが退出した後、残った家族は顔を見合わせて唸った。

「あれは相当応えているようだな……」

「可哀想なお姉様。別に公爵家の嫡男に振られたくらいで、気に病む必要なんてありませんのに……。そもそも公爵家の縁談を持ってきたお父様のせいよ」

「うーむ。魔力のないことに引け目を感じているメラニーのためと思って受け入れた縁談だったんだがな。今回のことで余計に自信を無くさせてしまったかもしれないな」

「あの子も周りの声を気にしすぎる面があるものね。思い詰めないか心配だわ。……何か私たちにできることがあればいいけれど」


婚約解消が決まってから数日後。

メラニーはいつものようにスチュワート家の知の宝庫と呼ばれる書庫室に籠っていた。書庫には古い書物がたくさん並んでおり、中に入ると、カビ臭い書物の匂いが鼻をつく。この匂いをジュリアンは毛嫌いしており、古い本ばかりを読むメラニーを敬遠していたが、メラニーは古紙や古いインクの匂いが好きだった。

メラニーはずらりと棚が並んだ書庫室の奥、かなり古い年代の書物が置いてある棚へと向かった。その棚には歴史的価値のある本が並んでいたが、どれも厳重に保管されているものの、メラニー以外は読んでいないようで本にはうっすらと埃が積もっていた。

その棚の中から読みかけの本を一冊手に取ると、ざらざらとして今にも破れそうな紙を丁寧に捲る。その本には現代では廃れてしまった古代文字が書かれており、その大昔の文章を紐解きながら、メラニーは古代魔術と言われる古い知識に浸っていく。

こうやって魔術の本を読むことは魔法が使えないメラニーにとって、魔術に触れることができる唯一の方法だった。

それは優秀な魔術師の家系であるスチュワート家の娘としての矜持だったのかもしれない。

そもそもメラニーの生まれ育ったフォステール王国は、魔術によって発展してきた国である。国の周りには凶暴な魔物が蔓延っているため、強力な魔術を使いこなす者ほど立場は優遇され、貴族の多くは魔術の研究に力を注ぎこんでいた。家によっては秘術を生み出すことに情熱を傾けたり、時には家系に魔力の多い人間を取り入れたりと、一族の力を強固なものにしてきた。

スチュワート家はその中でも伝統ある魔術師の名家として知られ、例にもれずメラニーの兄や妹は生まれながらに魔力量も多く、魔術を学ぶ魔法学校でも優秀な成績を収める優等生であった。

しかし、メラニーはそんな兄妹とは違い、魔法学校にも入学することができない程、微々たる魔力量しか持っておらず、使えるのは水滴程度の水を発生させることや、微風を吹かせる程度の弱い魔法くらいのものであった。そのため、親戚や周りの人間からスチュワート家の落ちこぼれだと誹謗中傷を受けて育ってきた。

幸い、家族はそんなメラニーを愛情深く育ててくれたが、それでも小さい頃から背負った劣等感が払拭されることはない。こんな自分でも何か家のために役立てることはないかと、両親が薦めてくれた公爵家との縁談を受け入れたのもこういった理由からだった。

魔法が使えないのならば、せめて貴族の娘として相応しくあろうと思い、メラニーなりに苦手な社交界にも参加してきたつもりだが、交友関係を主軸とした貴族の世界は引っ込み思案のメラニーにとっては苦痛でしかなく、気を紛らわせるためにこうして書庫に籠ることがいつの間にか日課となっていた。

元々昔から勉強することは好きだったので、両親から魔術の基礎を学んだ後は、こうやって本を読むことでこっそりと勉強を続けてきた。最終的に現代魔術から古代魔術へと興味は移り、お屋敷に眠る古文書を片っ端から貪るように読むようになった。

お陰ですっかり古代語のエキスパートとなったメラニーだったが、それもいかがなものか。

古代魔術はその名の通り古い魔術で、現代では消えてしまった魔術を指しており、今では好んで古代魔術を研究する魔術師はほとんどいないと聞く。それは古くからの魔術師の名家であるスチュワート家においても同じで、古代魔術を記した書物こそ大事に保管されているものの埃を被っている状態で、家族の誰一人として研究をしている者はいなかった。

そんな古代魔術を紐解いたところで、きっと何の役にも立たないだろう。だからと言って他に得意なこともなく、これでは本当にスチュワート家のお荷物だ。

婚約を解消されたばかりで再び社交界に出て、新しい相手を探す度胸もない。それに、今まではジュリアンのところへ嫁ぐつもりでいたので、これから先、何を目的に生きていけばいいかもわからなかった。

「……はぁ。私、これからどうすればいいのかしら」

メラニーがぼんやりと書物を眺めていると、不意に足にスリスリと擦られる感触がした。

「あら、メルル」

視線を落とした先にいたのは、メラニーの使い魔である白い大蛇だった。

その体長は優にメラニーの身長を超す長さで、胴回りもメラニーの腕より太い巨大な蛇だ。普通の人間ならば一目見て、その巨体に驚いて飛び退くだろう。

だが、キラキラとした宝石のような真っ赤な目を向け、クネクネと体を擦り寄せるメルルにメラニーはフフッと笑う。

「どうしたの？　こんなところに来て」

メラニーは読んでいた本を脇に置いて、メルルの体をひょいと掬い上げた。普通ならば重量感のある巨体も、使い魔という特殊な生命体故に、大して重みを感じることはない。

メラニーは膝の上にメルルを乗っけると、とぐろを巻く白い体を撫でた。

普段は部屋で大人しくしているはずのメルルが屋敷の奥にある書庫室まで来ることは非

常にめずらしい。

メラニーが愛しそうにメルルを撫でていると、遅れて新たな客人が姿を現した。

「やぁ、メラニー。こんなところにいたのか」

「ダリウス叔父様！」

戸口から現れたのはメラニーの叔父のダリウスだった。

母の弟であるダリウスはすらりとした長身の、口髭と顎鬚を綺麗に整えた紳士で、メラニーの兄や妹が通う学校の教授でもあり、両親と一緒にメラニーに魔術の基礎を教えてくれた先生でもあった。

「よくここにいるとおわかりになりましたね」

「メルルに案内してもらってね」

「まぁ。滅多に私以外の言うことを聞かないのに、さすが叔父様ですね」

「ははは。なぁに、餌で釣っただけだよ。ほい、メルル。約束の餌だ」

そう言ってダリウスはメルルに向かってポケットから取り出した肉の餌を投げる。

メルルはそれを器用に口でキャッチすると、丸呑みにし、満足そうに体を揺らした。

「ところで叔父様、私に何か御用ですか？」

「うむ。姉さんから、君が滅入っているようだと聞いてね」

「……お母様が」

「皆引き籠っている君を心配しているんだ」

「……」

メラニーが黙り込むと、ダリウスは優しい口調で言った。

「なぁ、メラニー。気分転換に魔法学校へ来てみないかい？」

「え？　魔法学校ですか？　でも、私、魔力もないのに……」

「なぁに。私の助手として事務仕事でもしてくれればいいよ。ここにいるよりよっぽどいいだろう。どうだい？」

それから数日後。魔法学校にある研究棟の一室で、床に這いつくばった姿勢でメラニーは一生懸命に書き物をしていた。それは侯爵家の令嬢とは思えない姿だったが、幸いここにはメラニーと使い魔のメルルだけで、叱る人間はいなかった。

「……できた！」

最後のページを書き終えると、インクが付いた手で汚れないよう、書き上げた羊皮紙を慎重に指先で摘み、ゆっくりと目線の高さに持ち上げる。びっちりと紙の隅から隅まで書かれた力作に思わず笑みが零れた。

床にはそうやって書いた羊皮紙が広がっていて、足の踏み場もない状態となっていた。机が調合道具と材料で散らかっていたために、床の上で研究論文を書いていたが、さすがに長時間変な体勢でいたので、腰が痛い。

「ふぅ。すっかり徹夜しちゃったわ」

本当は途中で切り上げて、校舎の隣にある寮に帰るつもりだったが、ついつい夜通しで書き上げてしまった。

立ち上がって、ぐーと伸びをすると、机の上に置かれた昨日完成したばかりの薬瓶が目に入った。それはこの魔法学校に来て、初めて自分の力だけで作った回復薬であった。

机の上には開かれたままの書物や調合で使ったガラス器具、乳鉢といった道具が所狭しと並び、いかに調合に悪戦苦闘していたかがわかる。

ここは魔法学校の校内にある研究棟のメラニーに与えられた部屋で、机の上の調合道具の他にも特大の錬成釜や薬品棚といった設備が揃っていた。更には部屋の隅に休憩用の長椅子が備わっており、その上にメラニーが持ち込んだ布団やクッションが積まれていて、実質ベッドと化していた。その長椅子の下には使い魔であるメルルの居住スペースもあり、気持ちよさそうにメルルが眠っている。

叔父であるダリウス教授に誘われ、魔法学校にやってきたメラニーだったが、まだ大して日数も経っていないのに、与えられた研究室はすっかりメラニーの巣となっていた。

元々、魔法学校にはダリウスの助手として呼ばれたはずだったのだが、その仕事は簡単なもので最初の数日で仕事のほとんどが終わってしまい、メラニーが暇を持て余していると、ダリウスが学校の研究棟の一室を好意で貸してくれたのだ。しかも、学校の設備は自由に使っていいとまで言ってくれた。

そんな叔父の計らいに感謝し、メラニーは好意に甘えて憧れの魔法学校での生活を満喫しようと考えた。

とは言うものの、魔力のないメラニーにとって魔法学校での過ごし方は限られていた。当然、実技系の授業には参加できないし、大勢の生徒に交じって座学を受けるのも人見知りのメラニーにとって苦痛に等しい。そもそも正式な生徒でないのに、勝手に授業に参加するのはいかがなものか。その辺りはダリウスも特に何も言わなかったが、生徒に交じって何かするのは遠慮することにした。

そうなると、できることは与えられた研究室で自分の研究を行うくらいのものだ。

そこで、ダリウスから魔術に使われる薬品作りや魔法道具の作製などの簡単な調合の基礎を教わると、研究室にて一人で調合をするようになった。

ある程度の物が作れるようになると、今度は以前から作ってみたいと思っていた古文書に記載された回復薬の調合に乗り出した。

幸いなことに研究に使う材料や調合道具などは、国中の魔術師の卵が集まる学校なだけあって充実しており、研究に打ち込むには素晴らしい環境だった。

しかし、さすがは古の廃れた魔術。今まで本を読むこと以外魔術に触れてこなかったメラニーには一朝一夕に作れるものではなく、何度も試行錯誤を重ねながら、与えられた研究室に籠りっきりになることになった。

そして昨日、ついに完成したのだ。

薬瓶の中で紫色に発光する液体を眺め、改めて魔術師らしいことができたと喜んだメラニーは、折角なのでその作り方を論文として文章にしたためていたのである。

調合から研究論文の執筆とかなり長い時間集中していたが、一仕事終えた達成感からか眠気はどこかに行ってしまっていた。

「そうだわ。叔父様に見せに行きましょう。私が自分一人の力で作ったって言ったら、どんな反応してくれるかしら」

メラニーは椅子に掛けておいたローブを手に取ると、服の上から纏い、フードを被った。

灰色の生地に縁に銀の刺繍が入った魔術師のローブは魔法学校の制服だ。助手になるときにダリウスから借りたものだが、これを着ていると本当に学校の生徒になったようで嬉しい気分になる。

「じゃあ、メルル。行ってくるわね。お留守番よろしくね」

眠ったままのメルルに声をかけ、薬品の入った瓶を鞄に入れると、論文を脇に抱えてウキウキと部屋から出た。

数日ぶりに浴びる太陽の光に目を細め、メラニーはヨロヨロと校内を進んだ。

「……日差しが眩しい」

魔法学校はその名の通り、魔力を持った生徒たちが魔法を学ぶための国の重要な教育機関である。

校舎は自然豊かな森の中にあり、その森には比較的弱い魔物も生息していた。この森で調合に使う材料の採取方法を学んだり、魔法を使って魔物退治の実践をしたりと、森自体が魔術を使うための教材となっているのだ。

生徒の多くは貴族の令息令嬢であるが、魔力を持った平民も数は少ないながら在籍している。特に年齢制限を設けているわけではないが、大概の貴族は社交界に出る前に基礎的な魔力の扱いを学ぶため、生徒のほとんどは十代前半から半ばくらいだった。

基本的に必要単位を取ればいいので早ければ二、三年で卒業できるが、この国は魔術が使える者は何かと重宝されるため、将来を見据えて本格的に魔術を学ぶ生徒は多い。特に下級貴族ほどその傾向が強く、花形職種である宮廷魔術師を目指すために何年も在籍する生徒もいる。

そのため、この学校には数多くの生徒がおり、いつもならどこにいても賑わいを見せる校舎なのだが、幸運なことに、ちょうど午前の授業が始まる時間のようで、建物内を移動する生徒の姿はまばらだった。

大勢の人間が集まった場所が苦手なメラニーにとってちょうど良かった。そうでなければ、早々に諦めて自室に戻っていたかもしれない。

そう考えた直後、廊下の前方から数人の生徒たちがこちらに向かって歩いてきた。

「――っ！」

突然の人の姿にメラニーは顔を隠すようにフードを目深に下げ、廊下の壁に引っ付くように寄った。

建物の中にもかかわらずローブのフードを被り、壁に引っ付いた少女を見て、生徒たちは奇怪なものを見るような目で避けていく。

「……行ったかしら？」

生徒たちが通り過ぎるのを確認して、顔を上げたメラニーは小さく嘆息した。

「……うう。怖いよ」

なんだか引き籠って研究していたせいで、自分の人見知りは益々激しくなっているようだ。

「早く、叔父様のところへ行こう」

メラニーは論文を抱え直すと歩みを速めた。しかし、フードを目深に被っているものだから、視界は狭まったままだ。

よって、廊下の曲がり角からやってきた人物とぶつかってしまうのは避けられないことだった。

「きゃっ！」

メラニーは突然現れた大きな影にぶつかり、ぐらりとよろけた。

運の悪いことに着ていたローブの裾を踏んでしまい、ずるりと床を滑る。その拍子に手から離れた論文が宙へと舞った。

後ろに倒れる、と目を瞑った瞬間、横から長い腕が伸び、メラニーの腰を受け止めた。

「――えっ？」

恐る恐る開けたメラニーの目に飛び込んできたのは、切れ長の紫色の瞳だった。

目鼻立ちの整った端整な顔が近づき、メラニーはその深い紫の瞳に目を奪われた。

男の長い黒髪が、さらりと前に垂れる。

「大丈夫か？」

髪の長い男は低い声でメラニーに訊ねた。

「……あ、ありがとうございます」

メラニーは男に支えられながら真っ直ぐ立つと、礼を言った。

その男はとても背が高く、小柄なメラニーは自然と顔を上げる形になる。

長いストレートの黒髪の男は美丈夫で、凛とした空気を纏っていた。年は二十代半ばくらいだろうか。魔法学校ではあまり見かけない年齢の生徒だと思ったが、よく見れば彼が身に纏っている服は魔法学校の灰色のローブではなかった。

白を基調とした上下の服に、縁に金色の刺繍の入った白いローブを羽織った姿は、世間知らずのメラニーですら知っている宮廷魔術師の制服だ。

(宮廷魔術師がどうしてこんなところに?)

しばらく茫然と目の前の男を観察していたメラニーだったが、男の目が訝しそうに細まったことに気づき、慌てて目を逸らした。

「………す、すみませんっ!」

と、床に目をやって気づく。

転びかけた拍子に落とした論文が廊下一面に散乱しているではないか。

「きゃあ!　論文が!」

メラニーは悲鳴を上げてしゃがみ込み、急いで論文をかき集めた。

「すみません、すみませんっ!」

「……」

論文は男の進行方向をふさいでおり、メラニーは謝りながら、床に散らばった羊皮紙を

拾っていく。

「あああ、風が……」

窓から入って来た風が論文を飛ばそうとするのを急いで摑まえ、ハッと顔を上げた。

(もしかして!?)

窓が全開になっていることに気づくと、メラニーは慌てて窓辺へ駆け寄った。

「あ、あんなところにまで……」

窓から顔を出して下を覗くと、数枚が外に落ちてしまっていた。更に追い打ちをかけるかのように外は風が吹いており、メラニーの論文がひらひらと舞っている。

「ど、どうしましょう……。取りに行かなきゃ」

「待て」

「えっ?」

急いで踵を返そうとするメラニーに後ろから低い声がかかった。呼び止めたのは今しがたぶつかった宮廷魔術師だ。

男は外へと顔を向けると、左手を上げ、窓の外に向かって長い指を伸ばす。男がその指をパチンっと鳴らすと、男の目線の先――窓の外に複数のつむじ風が発生した。

「え?」

驚くことにそのつむじ風はメラニーが落とした羊皮紙を巻き上げていく。外に散らばった羊皮紙が一枚、また一枚と、風に乗って男の手元へ集まってくる様子に目を見張った。

（今、呪文を唱えてなかったよね）

微風を起こす魔法は初歩的な魔法だが、今の魔法はそれとは少し違う。見た限り、彼は風を複数同時に発生させ、それぞれの風を自由自在に操っていた。

（複数の風を一度にコントロールするなんて、初めて見たわ）

こんな精密な技法は熟練の魔術師でもそうそうできるものではない。しかも、彼は詠唱を伴わず、指先一つでそれをやってのけていた。

（宮廷魔術師の使う魔法って、こんなにもすごいものなの？）

すっかり感心している間に、男は外に飛んでいた羊皮紙を集め終わっていた。

「ほら」

集まった羊皮紙の束を差し出され、メラニーはハッと意識を取り戻し、慌てて論文を受け取った。

「あ、ありがとうございます。それと……さ、さっきはぶつかってすみませんでした。前をよく見ていなくて……。あ、あの、拾ってくださいまして、本当に、あ、ありがとうございました」

お礼を言い、チラリと顔を上げると男の鋭い眼光と目が合った。

（ひぃっ！）

　慌てて顔を隠そうとして、ローブのフードを引き下げようとしたが、いつの間にかフードが脱げていた。慌ててフードを被り直し、男に向かってもう一度謝る。

「――本当にご迷惑をおかけしました！」

　メラニーは論文の束を腕にしっかりと抱き、その場から逃げるように立ち去った。

「おいっ！」

　男は逃げるように立ち去る少女を呼び止めたのだが、彼女はその声に気づかなかったようでそのまま行ってしまった。

「――チッ」

　メラニーに逃げられた男は、再び窓の外に目を向けると、木に引っかかったままの羊皮紙を眺めた。まだ一枚残っていると言いたかったのに、逃げられてしまった。

　やはり自分の目つきが怖いせいか、と男は考える。

　友人からもお前は黙っていると怒っているように見えると言われたことがあるが、こればかりは生まれつきのものだから仕方ない。別に怒っていたわけではないが、先程の少女には誤解を与えてしまったようだった。

男は気を取り直して、窓の外へ視線を戻す。

どうやら、さっきの風魔法の威力では上手く風に乗らなかったらしい。

もう一度指を鳴らすと、今度は先程より強い風が吹き、木に引っかかっていた羊皮紙もちゃんと男の手に戻ってきた。

「論文だと言っていたな。……やれやれ。どこの生徒だ？」

名前が書かれていないかと思って、手元の論文に視線を這わせた。

「…………………はっ？」

数行文章を流し読みした男の口から思わず声が漏れた。

チラリと見るつもりだったのに、男は目を見開いて何度もその論文を読み直した。

「なんだこれは……」

男の名前は、クイン・ブランシェット。

歴代最年少で宮廷魔術師となり、現在二十代半ばという若さながら、宮廷魔術師のトップに君臨している天才魔術師である。

そんな魔術のことなら誰よりも優れている男が、一枚の論文を見て、度肝を抜かれたのだから余程のことである。

一見、あまりに荒唐無稽な研究内容で、もし普通の魔術師が見たら悪戯で書いた物だと見なしたかもしれない。だが、クインはこの国一番の魔術師であり、彼の直感がこれは悪戯で書かれたものではないと告げていた。

（——一体、誰がこんな研究を？）

普通に考えれば、先程の少女が書いたものと考えられる。

しかし失礼だが、あんな華奢で大人しそうな少女がこんなすごい論文を書いたとは到底思えなかった。だが、この論文の手がかりとなるのはあの少女だけだ。

（——とにかく、さっきの少女を捜そう）

そう考えたクインは大股で校舎を移動した。

教授の部屋が並ぶ教育棟の一室。

メラニーの叔父であるダリウスもまた姪の作った薬品と論文を前に、クインと同じような反応を見せていた。

ダリウス・スチュワートは多くの著名な魔術師を輩出している名門スチュワート家に生まれ育ち、幼い頃からトップクラスの実力を備え、この魔法学校の中でもかなりの権威をもった教授であった。家督を姉に譲り、教職についてから早数十年、今まで多くの才能ある学生を育ててきたという自負がある。

そんな彼が今、姪が作ってきた薬品を前に唸っていた。

テーブルの上にあるのは、ドロリとした紫色の液体が入った薬瓶である。

メラニーの説明によると回復薬らしいが、普通回復薬といえば薬草の色がついた淡い緑色のサラサラとした液体が一般的である。しかしながら、彼女の作った薬品は見たことのない濃い紫色のドロドロとした液体で、どういうわけかキラキラと発光していた。

控えめに見ても劇薬にしか見えず、とてもじゃないが回復薬だとは信じられなかった。

もしこれを飲めと言われたら、かなりの勇気がいることだろう。

一体どのように作ったのかとメラニーに問えば、彼女は作り方を記載した研究論文を見せてくれた。そしてそれを読んだダリウスは益々頭を抱えるのだった。

「……あ、あの。どうですか？」

論文に最後まで目を通した後、ダリウスが微動だにしないことを不安に思ったのだろう。メラニーが恐る恐るといった風に声をかけてきた。

ダリウスは顔をゆっくり上げると、テーブルの向かいのソファに座る姪に訊ねた。

「メラニー。これ、君が一人で作ったのかい？」

「はい、そうです……。あの、どこか変でしたか？」

「ああ、全部かな」

自信なさそうに訊ねるメラニーに、思わず本音が出てしまった。

「え?」と驚く姪にダリウスは取り繕うように言い直す。

「ああ、いや、……うん。そうだね。まず論文だけど、書き方が支離滅裂だね。研究の主題を頭に書いて。それから使う材料、道具の記載、その後は実験の手順、結果、考察の順に書こうね。今のままだと全部混ざっていて読み解くのが大変だ」

「す、すみません」

「いや、いいよ。初めてにしては上出来だ。途中、ページが抜けていることも今は置いておこう」

「えっ!? ページが抜けている? あ、さっき落としたときかな。……ごめんなさい、叔父様。すぐに取ってきます」

「いや、待ちなさい。それよりも、メラニー。ちょっと話そうか」

「え? あっ、はい」

抜けているページを捜しに戻ろうと腰を浮かすメラニーを押しとどめ、ダリウスはふぅと息を吐いた。

生まれたときから彼女のことを知っているが、スチュワート家に生まれながら大した魔力を持ち合わせないメラニーは昔から家族に対して引け目を感じている非常に内気な少女だった。

スチュワート家というのは魔術師の家系として位が高く、国内でも強大な力を持った家である。その重圧はダリウスもよく知っている。そんな家に生まれながら魔力を持たないというのはどれだけ苦痛なことか。幸い、そんなメラニーを彼女の家族は厭うことなく愛していたが、兄妹の中で一人だけ魔法学校にも通えず、屋敷に引き籠って過ごす彼女は間違いなく不憫な子であった。

そんな姪を可哀想に思い、時々彼女のもとを訪ねては魔術の基礎知識を教えたりもした。その時も座学だけで言えば非常に物覚えが良く、頭のいい子だと思っていた。これで魔力さえ人並みにあれば、優秀な魔術師になれるのにと何度嘆いたかわからない。

しかし、そう思っていたダリウスでさえも、彼女の本当の実力に今の今まで気づいていなかったのであった。

(賢いとは思っていたが、これはもう規格外じゃないか)

ダリウスは難しい顔をして、じっとメラニーを見つめた。

「叔父様？」

「ああ、すまない。少し考え事をしていてね。……さて、何から聞いた方がいいかな。そうだな。まず、この毒薬……じゃない。えっと回復薬？　なんだけど、これはどこから発想したものなんだい？　君が一から考えたものではないよね？」

「はい。家の書庫室から持ってきた古文書に記載されているレシピです」

「古文書だって!?」

「え、あ、はい。古代魔術の製法が載っている本です。それを解読して作ってみました」

「……ちょっと、待ってくれ、メラニー。今、解読したと言ったか？　それは、その……古代文字を解読したってことか？」

「そう……ですけれど……。あ、あの、何か問題でしたか？」

問題どころの話ではない。

姪の口から語られる衝撃的な事実の数々に頭がついていかないダリウスは呆然と目の前の少女を凝視した。

「……なんということだ。つまり、君は古代語が読めるということか？」

「はい。読めますけれど……」

それが何か？　とでも言うように、メラニーはあっさりとその事実を認めた。

「一体、誰に教わった？」

「え？　いえ、特に誰かに教わったというわけではなくて、えっと、自分で」

「自分で!?　どうやって！」

「え？　……あ、あの、本を読んでいるうちに何となく」

「何となく？」

「えっと、えっと。上手く説明できないのですけれど、この単語は薬草を意味しているなとか、この文章は作り方が書かれているんだなとか、そういう風にわかってきて、だんだんと読めるようになりました」

「……」

なんてことのないように彼女は答えるが、これは只事ではなかった。

古代語は数百年前の言語であり、既に廃れた言葉だ。

現代において、古代語を読み解ける人間は非常に数が少ない。それ故に古代語で書かれた所謂古文書と呼ばれる書物はあまり出回っておらず、その扱いも厳重に管理されているものがほとんどだ。もちろん、この学校の禁書庫にも古代語で書かれた本や、それを読み解くための辞書などは存在している。しかし、実際に読み解くには膨大な知識と経験が必要とされていた。

古代魔術に使われた古代語はそれほどまでに古い失われた言語だった。

(——それをこの子は独学で解読したというのか？　……よく書庫に籠っていることは知っていたが、まさかこんな才能があったとは……。このことをこの子の両親は知っているのか？　いや、知っていたら言っているはずだ)

そこまで考えて、ダリウスは重大なことに気づき、目の前の異様な液体を凝視した。

「ということは、つまり、これは……」

「古代魔術のレシピを参考に作ってみた回復薬です。レシピに書かれていた材料の中には、現代にはもう存在しない物もあって、全部が同じとはいきませんでしたけど、似た作用をもつ薬草などを使って調合してみました。一応、効力も確認して、ちゃんと回復薬として使えることも試しましたし、問題はないと思うのですが……」

メラニーの説明に肌が粟立っていくのが感じられた。

古代語が解読できるというだけでも恐ろしい才能なのに、メラニーは更に、その古代語で書かれた大昔の製法を再現したと言うのだ。

確かに、ドロドロと濃縮された液体にもかかわらず、なぜかキラキラと発光しているという気味の悪い見た目も、古代魔術の製法によって作られたと聞けば、妙に納得できるものだった。

古代魔術は現代魔術よりも威力や性能が格段に高く、高度な技術が詰まった失われた魔術である。攻撃魔法のような発動型の魔術しかり、調合などの錬成術しかり、全てが今とは比べ物にならないほど優れていて、その失われた技術を復元しようと今までどれほどの魔術師が研究をし、そしてその高度な内容に挫折をしてきたか。

(それを魔法学校にも通っていないメラニーが……しかも独学で錬成に成功したとは……)

もちろん彼女が言うように昔と同じ道具や材料が全て揃っているわけではないが、彼女の論文を読む限り、現在ある道具や似た成分の材料で代用して作られていた。こんな器用な真似は、よほどの才能とセンスがないとできない芸当だ。

「……叔父様？」

「――いや、なんでもない」

ダリウスが再び黙り込んだのを見て、不安気な表情を見せるメラニーに、ダリウスは緩く首を振った。

公爵家のクソボンボンに婚約破棄され、傷ついた可哀想な姪っ子をわざわざ助手という肩書きをつけて学校に呼んだのは、屋敷で暗澹と過ごすよりは彼女の気分転換になるだろうと考えた両親に頼まれたからで、決して彼女の才能を知っていたからではなかった。

（――なんということだ。魔力が乏しいという理由だけで、これほどの逸材を埋もれさせていたなんて……）

これはスチュワート家、いや、この国にとって、大きな損失になるかもしれないところだった。

ダリウスがすっかり黙り込んでしまったので、メラニーは自分が何かしでかしてしまったのかと、ビクビクと肩を竦ませながら、考えを巡らせていた。

（叔父様がこんなに険しい顔をするなんて、私、何かとんでもないことをしてしまったのかしら？　やっぱり家から勝手に古文書を持ち出したのがまずかった？　それとも勝手に学校の材料を使って調合してしまったこと？　いくら叔父様が好きに使っていいよとおっしゃってもやっぱり遠慮するべきだったかしら？）

実際メラニーが考えていることは思い違いにもほどがあったのだが、自分の能力に気づいていないメラニーにはなぜダリウスが難しい顔をしているのか、全く見当がつかないでいた。

と、そんな重々しい空気を払拭するかのように、突然、部屋のドアが叩かれた。

「――ダリウス教授！」

乱暴なノックと共に低い声が聞こえたと思ったら、勢いよくドアが開かれた。

「――っ⁉」

ダリウスの返事も待たずに入って来たのは、驚くことにさっき廊下でぶつかった宮廷魔術師の男だった。白いローブの制服姿で長い黒髪の男を見間違えるはずもない。

（もしかして、さっきぶつかったことに文句を言いに追いかけて来た？）

男があまりに険しい顔をして部屋に入って来たので、メラニーはそんな風に考え、ローブのフードを被り直すと、フードの隙間から男の様子を窺った。

「おや？　クイン君じゃないか。どうした？　そんなに慌てて。仕事かね？」

どうやら、男は叔父の知り合いだったようだ。

「ええ。仕事の方は終わったのですが、ここに来たのは別の用事で……」

「そうか。だが、すまない。今、少し立て込んでいてね」

そう言いながら、ダリウスがチラリとメラニーに目線を送るので、メラニーはクインにばれないようにさっと背中を向けた。

「すみません。来客中でしたか」

「ああ。すまないが、話はまた今度にしてくれ」

「わかりました」

意外にもクインはあっさりと身を引き、部屋を出て行こうとした。

ホッとするメラニーだったが、そのクインの足音が途中で止まる。

「……教授。それは、何ですか？」

クインの口から強張った低い声が発せられた。

「こ、これは……その、ただの失敗作だよ。――って、クイン君っ⁉」

クインが指さす薬品をダリウスは咄嗟に隠そうとするも、その前にテーブルにやってきたクインが、さっとその薬瓶を手に取ってしまった。

「クイン君！　勝手に触るんじゃない！」

ダリウスは厳しい声でクインを叱ったが、その声を無視して、クインは薬瓶の中に入った紫色の液体を食い入るようにして見つめた。

「……この紫はケイトウモネ草の色か？　それに……リリックバスの根の抽出液か？

光って見えるのはメビュリアの花粉、いや、違うな。ハイナスビカの鱗粉（りんぷん）か」

　キラキラと発光する奇妙（きみょう）な液体を様々な角度から観察しながら、クインは中に入っている成分を当てていく。

「えっ！　すごい。見ただけでわかるんですか？」

　メラニーは顔を隠すことも忘れて、思わず感嘆（かんたん）の声を口にしていた。

「君は、さっきの！」

　鋭（するど）い目つきに睨（にら）まれ、メラニーは「ひゃっ！」と声を上げて、ダリウスの後ろへと隠れる。

「…………」

「失礼。気を悪くしないでくれ。彼女はちょっとばかり人見知りなんだ」

　自分の後ろに隠れた姪を庇（かば）うようにダリウスが困った顔でフォローを入れた。

「……す、すみません。……あ、あの、論文を拾ってくれた人ですよね……。先程（さきほど）はありがとうございました」

　メラニーはおずおずとダリウスの背中から顔を出し、クインの顔色を窺った。よく見れば、目つきこそ鋭いものの、怒（おこ）っているような気配はなく、寧（むし）ろ興味深そうな顔でこちらを見ていた。

「……あの？」

「ちょうど君を捜していたんだ」

「え？」

メラニーが首を傾げると、クインはローブの内側から一枚の羊皮紙を取り出した。

「まだ、もう一枚あったぞ」

ひらひらと見せるそれはメラニーが落とした論文だった。

「あ！　ありがとうございます」

論文に釣られるようにダリウスの後ろから姿を現したメラニーは、手を伸ばしてその紙を受け取ろうとした。

しかし――。

ひょいと、論文を持ったクインの腕が高く上がった。

「えっ？」

ただでさえ身長差があるのに、これではうんと手を伸ばしても届かない。

メラニーが驚いて目を丸くすると、クインはニヤリと口の端を上げて言った。

「交換条件だ。そっちの束を見せてもらおう」

「え？」

「クイン君!?」

ポカンとするメラニーの代わりに、クインの要求に慌てたのはダリウスだった。ダリウスが顔色を変えたのを見て、クインは自分の考えに確信を得たように不敵に笑った。

「どうやら、この論文の内容は本物ですね。ちょうどこのなんとも興味深い論文を書いた人間を捜していたんですよ」

「……読んだのかね？」

「ええ。たった一ページでしたが、非常に驚きました。それで是非この内容の続きを読みたいと思いまして」

ニコニコと意地悪な笑みを浮かべ目を光らせるクインに対し、ダリウスは諦めたように溜息を吐く。

「はぁ。読んでしまったのなら、仕方ない。メラニー。彼にも論文を読ませてもいいかね？」

「え？　あ、はい……」

なんだかよくわからないが、メラニーは流されるように頷いた。

どうやら、このクインと言う宮廷魔術師はメラニーの書いた論文を見て、わざわざ捜しにきたようだ。

「……あの、叔父様？　あの方はどなたなのですか？」

ソファに腰掛け、本格的に論文を読み始めたクインを眺めながら、メラニーは隣に座るダリウスにこっそりと訊ねた。

「ああ、彼はクイン君と言ってね。見ての通り宮廷魔術師だ。かつて私の教え子だった子だよ」

「まぁ、叔父様の」

「時折、仕事の関係でこちらに来るんだ」

「だから制服姿なのですね」

「彼は昔から非常に優秀な生徒でね。学生の頃はこんな小さかったのに、今では可愛げがなくなって……」

「……ちょっと、お静かにしてもらえませんか？」

　小さな声で話していたつもりだったが、クインの耳は二人の話し声を捉えていたようで、ギロリと鋭い視線が向けられた。

「――っ！　す、すみません！」

　メラニーが謝ると、クインは澄ました顔で再び論文に目を通していく。

（やっぱり、怖い人なのかしら？　でも、叔父様が優秀と言うくらいだから相当手練れの魔術師なのよね。さっきの魔法もすごかったし、そんな宮廷魔術師の方に研究内容を見てもらえるなんて、ちょっと緊張しちゃうかも）

クインは真剣な表情でその論文の最後のページを読み終えると、長い息を吐いた。どうやら、その驚異的な内容に知らず知らずのうちに息をすることを忘れていたようだ。

（一体、何から突っ込めばいいのか）

その情報量に眩暈を覚え、クインは額を押さえて俯いた。

（今まで見たことのないありえないレシピに、従来の手順をまるで無視した製法……。これは何だ？）

宮廷魔術師としてそれなりに活躍しているクインでさえも初めて見る製法は、複雑かつ斬新で、こんな方法があるのかと驚き、そしてどうしてこんな結果になるのかと戸惑った。突飛な発想力と応用力は、一度に理解するにはあまりにも複雑な内容だった。

「……教授。これは何ですか？」

顔を上げたクインは答えを求めて、師であるダリウス教授に訊ねた。

クインの質問にダリウスは渋い表情を浮かべ、唸るように言った。

「……信じられないかもしれないが、古代魔術の製法で作られたものだそうだ」

「古代魔術？」

クインの口から驚きの声が上がる。

「まさか！　……いや、待て。言われてみれば確かに、新しいようで道筋が既に確立されている術法。論文に書かれた元の素材も昔に存在していた物ばかりか……。だから、こんな法外な値段の材料を代用して？」

ぶつぶつと呟きながら、クインはもう一度論文に目を通し直す。

古代魔術と言われて読み返せば、確かにそう思えるところがある。作り方もそうだが、その顕著なものは薬品に使われている材料だろう。

例えば、リリックバス。この野草は、現在では絶滅寸前となっており、野生では生息しておらず、この学校や一部の研究施設でかろうじて栽培されている花だ。稀少価値が高く、その値段は途方もなく高い。そんなものが惜しげもなく使われるレシピなど現在では考えられないだろう。それに、リリックバス以外にも高価な材料が贅沢に入っていることから見ても、古代魔術のレシピだと納得ができる。

クインは目の前の薬品を眺め、眉を顰めて考えた。

(――それにしても。これ一瓶でいくらするんだ？)

ざっと算出しただけでも鳥肌もので、この薬品を使うことをためらうような値段だったが、それよりも魔術師としての好奇心の方が勝った。

「……ダリウス教授。実際に効果を試してみましたか？」

「い、いや。まだだ」

畏れ多いと言うようにダリウスが首を横に振った。

「あ、あの……。一応は植物を使って効力を試してみましたけど」

目の前に座る少女がか細い声で口を挟み、クインは彼女に目を向けた。

「……す、すみません」

別に睨んだわけではないが、少女はフードの中に顔を隠してしまう。

(このおどおどと怯えた少女が本当にこれを？)

どう見ても彼女がこの回復薬を作った製作者とは思えなかった。クインが食い入るように少女を見つめていると、横でダリウスがコホンと咳払いをする。彼女に対して厳しい目を向けていたことに気づき、クインは首を緩く振ると小さく嘆息した。

「植物だけの検証では不十分だ。生き物で試さないと本当の効力はわからない」

論文にも記載されていたが、少女が試したのは植物に傷をつけ、そこに薬品を使って回復するか検証したものだった。それによると、確かに効力があることを確認したようだが、植物と動物ではそもそも構造が違う。だからと言って、さすがに自分で試すには怪しすぎる液体だった。

「少し待っていてください」

そう言って、クインは一度席を立ち、部屋を出た。

数分後、クインは小型の魔物の入ったケージを持って、ダリウスの部屋に戻って来た。

「クイン君、それは？」

「他の部屋から弱っているところを保護した魔物を分けてもらいました」

そう言って、クインはケージをテーブルの上に置く。

ケージの中に入っているのは、エキノスと呼ばれる魔物だった。ネズミに似た姿だが、トゲトゲとした針で全身を覆われ、丸っこい可愛いフォルムからペットとしても親しまれている魔物である。

そのエキノスは見るからに弱っており、よく見れば背中に大きな傷がある上に、針の一部が折れ曲がっていた。

「ちょうどいいな」と、クインは頷くと、大人しいエキノスをケージから取り出し、背中の傷を晒すように固定して持った。

そして、もう片方の手でメラニーの作った回復薬の蓋を開け、魔物の背中の傷に向けて慎重に瓶を傾けた。

まずは一滴。エキノスの傷に紫の液体が垂れた。

三人が固唾を呑んで魔物を見つめると、見る見るうちにエキノスの背中の傷口が塞がっていき、折れ曲がった針も元通りに再生し始めた。

「小型の魔物とは言え、一滴で効果が出るのか……」

「わぁ、ちゃんと効いています。もう元気になったみたい」

薬品を作った本人が薬の効果が働いているのを見て、嬉しそうに声を弾ませた。

少女の言う通り効力は見事なもので、さっきまで弱っていたエキノスの足がばたばたと動き出し、クインは慌ててケージへと戻した。

「効能は高性能の回復薬とそう変わらないな」

「そうですね」

確かにダリウスが指摘するように、効果の程度はちょっと高級な回復薬とそう大差ない。しかし、魔物にかけたのはたったの一滴だったので、その性能の高さはさすが古代魔術のレシピと言えよう。

「ん？　なんだか様子が……？」

ケージの中の魔物が小刻みに震え出すのを見て、クインは眉を顰めた。

最初はケージの中でじっとしていたエキノスだったが、そわそわと狭いケージ内を駆け回り始めた。そして、徐々にその速度は増していき、ケージを壊す勢いで暴れ回っていく。

「……こ、これは？」

突然、凶暴化した魔物の姿にクインとダリウスは息を呑んだ。

しかし、暴れ回っていたエキノスは突如として動きを止め、不自然な体勢で痙攣し始める。そして……。

「お、おい……これは……」

「……まさか、死んだのか？」

パタリと倒れたエキノスはピクリとも動かなくなった。

クインは恐る恐るケージに手を突っ込んで、その脈を確認した。

「いえ、かろうじて生きているようです」

そう言って、クインは唖然とするダリウスと顔を見合わせた。

二人ともすぐには声が出ず、部屋の中はシンと静まり返った。

しばらくして、ダリウスが口髭を撫でながらようやく口を開く。

「……今のは拒絶反応か？」

「いや、過剰反応でしょう。効力が大き過ぎて、この小さな体じゃ耐えきれなかったのかと」

「……一滴でこれか」

「……一滴でこれですね」

二人は再び顔を見合わせ、唸った。

「……とりあえず、こいつは経過観察するか。そして、……この回復薬は成分解析に回そう」

「そうですね。厳重に管理した方が良さそうです」

ダリウスの提案にクインは一切反対なく賛同する。そして、この恐ろしい効果を持った薬品を製作した少女へと目を向けた。

「ところで君は何を？」

どこからかペンとインクを取り出した少女は、テーブルの上に論文を広げ、何やら熱心に書きこんでいた。

「折角なので、今の反応を論文に書き加えようかと」

「……そうか」

なんだかよくわからない子だ。一見、純朴そうな少女だが、どこか抜けているように見える。これだけの代物を作っておきながら、事の大きさをまるで理解していないようだ。

クインは厳しい顔で考え事をしているダリウスの腕を引っ張ると、少女に聞こえないように少し距離を取り、ひそひそと訊ねた。

「教授。彼女は何者なんです？」

「……私の姪だ」

「――と言うことはスチュワート家の？」

「ああ。ここの生徒ではないんだが、訳あって研究室を与えていてね」

「……なるほど」

優秀な魔術師を輩出してきたあのスチュワート家の人間であれば、古代魔術のレシピを復元させたというのも納得ができる。

しかし、ダリウスの反応は身内に与える称賛とは少し違ったようだ。

「ここまで才能のある子とは、ついさっきまで私も知らなかったんだ。正直、私には持て余すよ。今後、どのように教育するか悩ましいな」

「……」

確かに教授の言うこともっともだ。この回復薬一つとっても、彼女の異能っぷりがわかる。古代魔術の製法を復元させるなんて、宮廷魔術師のクインでも聞いたことがなかった。

古代魔術の研究はその効力の高さから期待されていたが、同時に未知の部分も多く、危険視されていた。それは、一つ間違えば国の脅威にもなりかねないことを示唆している。

(だが、この才能を野放しにするにはあまりにも惜しい)

クインはしばしの間沈黙すると、改めて少女に向き直った。ちょうどそのタイミングで彼女も文章を書き終えたようでペンを置いて顔を上げる。

「君、名前は?」

クインが訊ねると、少女は戸惑ったように身を縮ませながら、小さな声で答えた。

「メラニー、です……」

「そうか。――メラニー」

「は、はい」

怯えた緑色の瞳がクインを見上げた。

年の頃は成人前に見える少女で、まだあどけない顔をしている。大きな瞳をそわそわと揺らし、落ち着かない様子でビクついていた。そのおどおどとした姿は才能ある魔術師にも、名家の令嬢にも見えない。

(だが、実に興味深いな……)

彼女の才能もそうだが、このメラニーと言う少女についても妙に気になった。

それは他人に興味を持つことなどそうそうないクインにとってめずらしい現象だった。

(——面白い)

クインは己の中に芽生えた気持ちに驚きを感じながら、少女に対して一つの提案を投げかけた。

「君、私の弟子にならないか?」


「えっ!?」

突然、弟子にならないかと誘われて、メラニーはその場に固まった。

あまりに突拍子もないことに、何かの間違いなのではないかと思った。

「く、クイン君⁉　一体、何を言い出すんだ⁉」

クインの申し出に驚いたのはメラニーだけではない。ダリウスもまた目を丸くしていた。

そんなダリウスに対し、クインは胸に手を当て、大真面目な顔で言った。

「ダリウス教授。是非、お嬢さんを私にください」

「……そんな嫁入りをお願いするように言われても。正気かね？　だいたい、君。弟子は取らない主義だったのでは？」

「そうですね。ですが、彼女のような存在をみすみす逃すような真似はしませんよ。それに彼女の才能はここでは持て余すのでは？」

「それは、そうだが……。いや、やはり許可できない」

「なぜです？」

「それは……、メラニーを弟子にするには一つ問題があるからだ」

「問題？」

（あっ……）

ダリウスが何を言うのか察したメラニーは顔を曇らせた。

「実は、メラニーは魔力がほとんどない」

「なっ……」

（……やっぱり、そんな反応をするわよね）

思わず絶句するクインに対し、メラニーは体を縮こまらせ、「すみません」と小さく謝った。

「彼女はこの学校の生徒ではない。今は私の助手として在籍しているが、本来であればここにいられる子ではないんだ。魔術の基礎は知っていても、できるのは精々、調合程度。君が得意とする攻撃魔法などの発動型魔法は論外だ。弟子にすると言っても、君は一年の半分以上は国内外の魔物討伐に出かけているじゃないか。そんな危険な場所にメラニーを連れていけないぞ」

「……なんと」

ダリウスの指摘にクインは相当なショックを受けたようで黙り込んだ。

そんなクインの失望した顔を見て、メラニーは肩を落とす。

今までメラニーが出会った人は皆、メラニーに魔力がないと聞かされて同じような反応をしていた。驚き、同情、失望……。口にしなくても反応を見ただけで、スチュワート家の娘なのに価値のない人間だと烙印を押されているように感じてしまい、メラニーはその度に傷ついてきた。

(きっとこの人も弟子に取りたいと言ったことを取り止めるわ)

メラニーは俯きながら、小さく息を吐いた。

しかし――。

「……では、私の屋敷で研究をしてもらうのはどうでしょうか？」

「え？」

メラニーが顔を上げると、クインは良いことを思いついたとばかりに顔を輝かせていた。

「待ちたまえ、それはどういう意味だ？」

「確かに私は遠征に出かけることが多く、留守がちになってしまいますが、私の屋敷は城から近いので、仕事が終わればすぐに指導にあたれますし、設備も材料も他の魔術師の家より充実していますので、有意義に調合に打ち込めるはずです」

「……本当に魔力をもたないメラニーを弟子に取るつもりか？」

「ええ」

揺るぎない目でクインは頷いた。

そしてクインはメラニーに再び向き合うと、真剣な面持ちでメラニーを誘った。

「どうだ？　一度、私の屋敷に来てみないか？」

「えっ……。あ、あの、その、私……」

その申し出に狼狽するメラニーに対し、クインは手を伸ばすと、メラニーの両手を取って、しっかりと握った。

「——君が欲しいんだ」

両手を握られた状態で熱い眼差しを向けられ、そんなことを言われたものだから、たちまちメラニーの顔は赤くなった。

「く、く、クイン様？」

あまりの衝撃に頭の中が真っ白になるメラニーに対し、クインは両手を握る手に力を込め、更に熱烈にプッシュする。

「君の価値ある才能を無駄にはしないことを約束しよう。是非、私のもとへ来てくれ」

「え、あ、あの……私は……その……」

もはやメラニーの頭は混乱で機能することができない。

そんなメラニーを助けるかのように、ダリウスが横から口を挟んだ。

「クイン君」

「なんですか？　教授」

「とりあえず、その手を離したまえ。メラニーが困っている」

ダリウスが睨むと、クインはメラニーの両手をがっちりと握っていたことに気づき、慌てた様子で手を離した。

「……すまなかった」

「い、いえ……」

メラニーはドキドキしながら、首を振った。まだ両手にクインの温かい大きな手の感触が残っていて、なんだかそわそわする。

クインもクインでダリウスに水を差され、少し冷静になったようで、気まずそうに目を逸らしていた。

そんななんとも言えないこそばゆい雰囲気を醸し出す二人を眺め、ダリウスは「ふむ」と頷いた。

「クイン君。メラニーを弟子にしたいなら、こちらからも条件がある」

「条件？」

「メラニーを自分の屋敷に呼ぶつもりなら、彼女を娶りなさい」

「……はっ？」

「お、叔父様っ⁉」

ダリウスの出した条件に二人は同時に声を上げた。

弟子入りの話の次は結婚の話になって、メラニーは顔色を真っ青にさせる。

「いいかい。メラニーはまだ成人前だ。いくら弟子といえども、年頃の男女が一緒の屋敷で暮らすなど言語道断。メラニーを屋敷に連れて行きたいなら、それなりの体裁を整えてもらわないと困る」

確かにダリウスの言うことも一理あったが、それにしても話が飛び過ぎているようにも思えた。それはクインも同じようで、その条件に彼も狼狽していた。

「……いや、しかし、教授。それは……」

しかし、そんなクインに対し、ダリウスは厳しい目を向ける。

「それとも君はメラニーに良くない噂を立てるつもりかね？」

「そ、それは……」

クインが戸惑った様子でメラニーに視線を送ってくるが、そんな風に見つめられてもこっちも困る。メラニーはどうしていいかわからずに、おろおろと目を泳がせた。

そしてしばらくして、クインは覚悟を決めたように顔を上げて宣言する。

「……わかりました。彼女を妻として迎え入れましょう」

「く、クイン様⁉」

「うむ。よく言った」

「ちょ、ちょっと、叔父様も！」

一人、ついていけないのは当事者のメラニーだけだ。

メラニーは顔を赤くしたり青くしたりと挙動不審な動きでクインとダリウスを交互に見上げた。

そんなメラニーにダリウスは安心させるように付け加えた。

「とは言え、メラニーの気持ちもあるからな。お互いを知ることから始めなさい。とりあえずはいきなり結婚ではなく、まずは婚約という形にしよう。婚約さえ結んでおけば、一緒に暮らしても周りも変な噂を立てないだろう」

「はい」

クインは神妙な顔で頷くが、メラニーはすぐには承諾できない。

「あ、あの!?　叔父様！　クイン様も！　そんなことを急に言われても私――」

おろおろと困り果てるメラニーの肩をポンと叩いてダリウスは言った。

「メラニー。こう見えてもクイン君は悪い奴ではない。それは師であるこの私が保証しよう。それに、もしクイン君が気に入らなかったら、いつでも戻って来ていいからね」

「そ、そう言われましても……。えええ!?」

第二章 弟子生活

こうして、宮廷魔術師クインの弟子兼婚約者となってしまったメラニーは、数日後には王都の中心部に近いクインの屋敷に住居を移していた。

ダリウスが両親にどう説明したのかわからないが、突然のメラニーの弟子入りと婚約という話にも、両親はあっさりと承諾してしまったのである。両親の承諾さえあれば貴族の行動は早いもので、あれよあれよと言う間に、メラニーはクインの屋敷に移ることとなった。

郊外にあるスチュワート家とは違い、クインの屋敷は城から程近い距離にあった。こぢんまりとしているが真新しい綺麗な家で、使用人も最低限の人数しかいないようだった。

早速、荷物をまとめてやってきたメラニーはリビングに案内され、私服姿のクインと向き合う形でソファに座っていた。

宮廷魔術師の制服姿の時は威厳漂う空気を纏っており、近寄りがたく感じていたが、こうした私服姿だと容姿の良さもあって、立派な貴族の青年のように見えた。ただ相変わらず目つきは鋭く、こうして向かい合っていると威圧感は感じたが……。

「失礼致します」

ドアがノックされ、紅茶を持ってきたメイドが部屋の中へと入って来た。

「ど、どうぞ……」

メイドはメラニーの膝の上にとぐろを巻いて蹲るメルルを警戒しながら、恐る恐るカップをテーブルに置くと、すぐさま逃げるように部屋を出て行った。

「……」

なんだか、随分と怖がらせてしまったみたいで申し訳ない気分になったが、メルルはそこまで危険な生き物ではない。主人の言うことを従順に聞く、本当にいい子なのだ。

メイドの反応にメラニーがしょんぼりと落ち込んでいると、クインが静かに言った。

「今はただ見慣れないから驚いているだけだ。きっとすぐにその使い魔に慣れるだろう」

「え？」

屋敷の使用人たちとは違い、クインはさすが宮廷魔術師なだけあって、メルルを前にしても平然としていた。

「昔は魔術師の家ならばどこの家にも使い魔がいたが、近年は使い魔を使役している魔術師はめずらしいからな。使用人たちも使い魔の存在をそれほど詳しく知らないのだろう」

「……そう、なのですか？」

「ああ。使い魔を育てるには膨大な時間と金がかかるからな。今は一部の貴族くらいしか使い魔を持っていないさ」

　初めてそんな話を聞いたが、そう言われてみればジュリアンもエミリアも使い魔を持っていなかったことを思い出す。

（そう言えばジュリアンもメルルが苦手だったっけ。あんまりメルルを嫌うものだから、二人で会う時はメルルを連れて行かなかったのよね）

　自然と昔のことを思い出し、メラニーは顔を曇らせた。

（ああ、嫌だ。ジュリアンのことは思い出さないようにしていたのに、こんな時に……）

　これからクインと一緒の生活を送るというのに、なぜ前の婚約者のことを思い出してしまったのだろうか。まだジュリアンのことも気持ちの整理がついていないのに、こんな状態でクインと婚約を結んで大丈夫なのかと不安になってくる。

（そもそも、クイン様は私なんかが婚約者でいいのかしら？　叔父様に出された条件を無理矢理呑まされて、後悔していたらどうしよう？　それに碌に魔法も使えない私なんかに宮廷魔術師のお弟子さんなんて務まるのかしら？）

　後から叔父に聞いた話だが、クインは数いる宮廷魔術師の中でも抜きん出た存在で、その界隈では相当有名な人間らしい。そんな優秀な魔術師に魔力も持たない自分が弟子入りするなんて、どう考えても不相応だ。

（幻滅されて追い出されたらどうしよう！）

色々なことを考え、顔色を悪くするメラニーにクインが声をかけた。

「そんなに緊張することはない」

「クイン様……」

「そうは言っても、無理な話か。いきなり知らない男の家に来させられたんだ。緊張するのが普通だろうな。……君には強引な形で迎え入れることとなってすまなく思っている」

突然クインに謝られ、メラニーは驚きに目を瞬かせた。

「あ、あの……。それは、どういう意味ですか？」

思い切って訊ねると、クインはメラニーの心を見透かすように言った。

「君は弟子入りも婚約も望んでいなかっただろう？」

「それは……。で、でもクイン様も弟子入りはともかく、婚約は叔父様が無理矢理……」

「いや、そうでもない」

「え？」

「正直言って、婚約を了承したのは、私にとっても都合が良かったからだ」

「都合？」

「ああ。私もいい年だ。そろそろ身を固めてはと周りがうるさくてな。貴族の連中がこぞって見合い話を持ってくるのにうんざりしていたところだったんだ。教授からの無茶苦茶な提案とはいえ、これで城の貴族共も静かになると思えば、私にとってこの話はありがたいものだったんだ」

　確かにクインは二十代半ば。既に結婚していてもおかしくない年だ。しかも、宮廷魔術師という花形職種につき、見た目もいい。クイン程の人間ならば、引く手あまただろう。

「そういうわけで、君とは表面上の婚約関係を結びたいと思っている。だが、既に君の両親に挨拶している手前、こんなことを言うのもなんだが、君が不満に思えばいつだって婚約の方は解消しても構わない。君だってまだ若いんだ。もし他に良い相手がいれば……」

「いえ！　構いません！」

　申し訳なさそうに話すクインの言葉尻に被せるようにメラニーは言った。

「想う相手なんて……いませんから。それに私の方もなんだかあれよあれよと決まって、心づもりもなかったものですから。……正直に言って、今のお話を聞いて少しホッとしました」

　ジュリアンに一方的に振られ、酷い形で終わってしまった前の婚約から数ヵ月が経った今も心の傷は癒えていない。なのでクインの考えは今のメラニーにとってはありがたい申し出だった。

　クインの方もメラニーがまさかそんな風に受け入れてくれるとは思っていなかったようで、安堵したように肩の力を抜いた。

「そうか。……それは良かった。だが、誤解のないよう言っておくが、婚約は仮初だが、君を弟子に迎えたいと言った気持ちは本物だ。君のことは弟子として大切に扱う。それは約束しよう」

クインの真剣な眼差しが真っ直ぐにメラニーを射貫く。

（——ああ、この人は私のことを本当に真摯に考えてくれているんだわ）

今はまだクインのことを何も知らないが、誠実に迎え入れようとしてくれることがわかり、胸の中が温かくなった。こんな風に誰かに必要とされるなんて、いつぶりだろうか？

（どんな形であれ、クイン様は私を受け入れてくれた。それだけで十分過ぎるわ。私もこの人の期待を裏切りたくない。正直、まだ不安も大きいけれど、でも、やれるだけやってみよう）

メラニーは膝の上で両手を握りしめると、決意を込めて顔を上げた。

「——クイン様。私、魔法学校にも通っていませんし、大した魔法も使えません。けれど、クイン様の弟子としてその名に恥じないよう頑張ります。ですから、ご教授のほどどうかよろしくお願い致します」

そんなメラニーの強い意思表示を受け、クインは驚いた様子を見せたが、すぐに目元を緩めて頷いた。

「ああ。私も君の師として共に励もう。これからよろしく。メラニー」

「はい！」

初日は結局、持ってきた荷物をほどいたり、屋敷の中を案内してもらったりと、これから一緒に生活する上での説明に時間を取られ、弟子としてクインの魔術工房に入ったのは翌日になってのことだった。

「大きな工房ですね」

メラニーは工房の中を見渡し、感嘆の声を上げる。その足許にはメルルが初めて入る場所に興味津々という様子で首をうねうねと動かしながらついてきていた。

「元は研究用の小さな工房のつもりだったんだがな。遠征で地方の魔物を退治に出かけることが多く、その度に研究材料となる素材を集めていたら、結局屋敷よりも大きくなってしまったんだ」

クインの言葉通り、屋敷の隣に建てられた工房は、個人の持つ工房としては立派なものだった。屋敷よりも大きいことは一目瞭然で、国内の貴族でもこれほどの規模の研究工房を持っている者はそういないだろう。中にはたくさんの部屋が並んでいたが、そのほとんどは魔物の死骸から集めた素材や薬草などで埋め尽くされていた。

「これ全部、クイン様が集めたものですか？」

「ああ。元は研究で使うために集め出したものだが、今は研究に費やす時間が取れなくて、ほとんどコレクションと化している」

「……すごい」

見たこともない魔物の剝製や、都市では滅多に見られないめずらしい薬草もあって、メラニーは目を輝かせながら、興味深く部屋を回って行った。

クインの話によると、宮廷魔術師として魔物の討伐を主な仕事としているクインにとって、めずらしい材料を手に入れるのは困難なことではないらしい。レアな魔物の討伐に行けば、その魔物の死骸をそのままそっくり手に入れることができるのだ。ここにはそうやって集めたクインのコレクションが何部屋にも亘って保存されていた。

「一応、君専用の部屋も用意した。恐らく調合の研究がメインになると思ったから、器材は一通り揃え入れたつもりだ。もし足りないものがあれば言ってくれ」

最後にクインが案内したのは広い研究室だった。クインの言う通り、調合で使う器材や材料が用意されており、すぐにでも調合ができそうだった。窓辺には大きな長椅子もあって、ここで休憩することもできるようだ。

すると、メラニーの足許からメルルが飛び出し、その長椅子の上にとぐろを巻いて鎮座する。どうやらメルルもここが気に入ったらしい。

「あと、これは私からのプレゼントだ」

クインから手渡されたのは、魔術師が身に着けるローブだった。

「あ、ありがとうございます」

早速服の上からローブを羽織ってみる。薄いクリーム色のローブはメラニーの肌の色に良く映え、サイズもぴったりだった。まさか自分の研究部屋を貰える上に、わざわざローブまで用意してくれるとは思ってもいなかったので、本当に嬉しく感じた。

クインの心遣いに感謝し、期待に応えられるよう頑張らねばと、メラニーは意気込んだ。

「それで、弟子とは一体何をするものなんでしょうか？」

「そうだな。通常は師の技術を学んだり、研究の補助などをするらしいが……」

クインの紫の瞳がメラニーを見下ろした。

「君は魔力がほとんどないのだったな」

「……す、すみません」

早々に出端をくじかれた気分でメラニーは項垂れた。

「いや、責めているわけではない。ただの確認だ。私も君を弟子に取ったのは、君の才能に興味があったからで、自分の後継者にしたいというわけではないからな」

「……では、私は何を？」

「うん。それに関しては色々と考えているのだが、一先ずは君の持っている知識について話を聞かせてもらおう。それから今後の方針を決めようと思う」

そう言うと、クインはメラニーにいくつか質問を始めた。

はじめの内はメラニーが持っている魔力について簡単な質問と、現代魔術の基礎をどの程度まで知っているかの確認だったが、後半、古代魔術に関する話になると、クインはどんどん顔を顰めていった。

「……………なるほど。君の知識は何となく理解した」

なぜか難しい顔で額を押さえるクインに、メラニーは何が問題だったのかと不安になる。

「あ、あの。……私が弟子なんてやはり相応しくなかったでしょうか」

「そうではない。わかってはいたつもりだが、君の持っている知識はなんというか、途方もなくてな……。これは少し考え方を改めなければいけないかもしれない」

「え？」

「いや、こっちの話だ。……そうだな。まずはいくつか調合をやってみせてもらおう。先日の回復薬は再現できるか？　完成品と論文は見せてもらっているが、実際に作っているところも見てみたい。一応、材料と器材も用意してある」

クインの提案に、それならば自分にもできるとメラニーは目を輝かせた。

「はい！　大丈夫です。やってみますね」

「それで、最後にこの煮詰めた薬品を薬瓶に移し替えれば……」

メラニーはクインに説明をしながら、鍋で煮詰めた液体を漏斗を使って、薬瓶の中に慎重に注いだ。

「これで、完成です！」

瓶の中で紫色に光る回復薬が完成し、メラニーは無事に再現できたことに満足そうに微笑むとクインの反応を窺った。

「…………」

「クイン様？」

顎に手を添え考え込むような仕草のまま固まったクインに、メラニーは首を傾げた。クインの目はなんだか信じられないものを見るかのように、できたばかりの回復薬に向けられている。

「……実際に見ると、なんともでたらめな製法だな」

「そうですか？　私はただレシピを再現しているだけなので、よくわかりませんが……」

「だが、書かれたものをそのままではなく、今の技術に合わせて変えているだろう？」

「は、はい。材料とか、調合方法は少しアレンジしています」

「それがすごいのだ。恐らく、君は現代魔術の知識に不完全なところがあるからこそ、この調合方法を思いつくのだろうな。……それを考えると、君に現代の技術を教えては製法を狭めてしまうかもしれないな。いやしかし、基礎は学んだほうがためになるか？」

　ぶつぶつと考えるように呟くクインの表情ははっきりとは表に出ていないが、なんだか活き活きとしていて、キラキラとした目はまるで子どものようだった。

「しかし、毎回こんなに金のかかる材料を使われるのは考えものだな。もっと安価な材料で代用できないか研究をするのもいいかもしれない。よし、そうだな。効力も強すぎるものだし、まずは調合の基礎を学びながら、この回復薬の改良研究からやってみるか。どうだ？」

「あ、はい。私の方はそれで……」

　古代魔術の調合に夢中になっているクインに目を奪われていたメラニーは慌てて頷き、その提案を受け入れた。

　しかし、そこからが大変だった。

「メラニー。それを溶かす時は液体を先に入れるのではなく、粉末から液体の順に入れるのだ。そうしないと材料がダマになるだろ。もう一度、やり直しだ」

「は、はい」

「薬草はもっと細かく切って」

「はいっ！」

「順番が違う」

「はい……、すみません……」

クインから直接指導をしてもらいながら開始した調合だったが、何かをする度に片っ端から注意を受けていた。

何度目かのやり直しに、クインが溜息を吐く。

「君は基礎的なところが抜けているようだな。これでよくあの回復薬が作れたものだ」

「すみません……」

呆れるように言われ、メラニーはビクリと肩を竦ませて謝った。

すると、それを見たクインが眉を顰め、小さく息を吐いた。

「……そう怯えるな」

（あっ……、私ったらまた……）

ビクビクとしてしまう自分の癖が人に良くない印象を与えることはわかっていた。社交界でもそうやっていつまでも周りに馴染めないメラニーを見て、ジュリアンやエミリアから苦言を呈されたことを思い出す。

『お前を見ているだけでイライラする……。少しは令嬢らしく振る舞ったらどうだ』

『そんな態度を取るから、周りの令嬢に馬鹿にされるのよ。もっとしっかりしなさい』

社交界で上手く立ち回れない度に彼らはメラニーに失望の目を向けていた。

（こんなんだから私はジュリアンからも、……エミリアにも見放されたんだわ）

自分でもわかってはいるが、それでも簡単には自分の性格は直せない。

情けない自分に目から涙が溢れそうになる。

しかし、後に続くクインの台詞はメラニーを責めるものではなかった。

「そんなに気負わなくてもいい」

驚いてクインを見れば、どうやら彼は怒っているわけでも、呆れているわけでもなさそうで、意外なことに優しい眼差しを向けていた。

「君は魔術に関しては素人なんだ。初めからできなくていいし、こちらもそこまで求めていない。もっと肩の力を抜いてやってみなさい」

それはメラニーを気遣った言葉だった。

「――クイン様」

「さぁ、もう一度やってみよう」

「はい」

クインに励まされ、メラニーは涙を拭うと、気を取り直して調合を再開させた。

そしてその後も試行錯誤を繰り返し、やっとそれらしいものを完成させることができた。

「どう、ですか？」

メラニーはおずおずとクインの顔色を窺う。

「ああ、さっきよりは良さそうだな。どうせなら、材料を少し変えてみるか」

「はい！」

（やった！　私にもできた。よし、この調子で頑張ろう！）

クインに褒められ、メラニーは嬉しくなって意気込んだ。そして、次の調合用に薬品棚へと向かい、材料となりそうな素材を吟味した。

「えっと、この中で治癒効果の高い素材はこれかな。あ、こっちでも代用できそう」

意気揚々と棚に並んだ薬草に手を伸ばしたメラニーの腕をクインが掴んで止めた。

「……それでも代用できなくはないが、値段が二桁違うのでやめなさい」

すごい圧力で睨まれ、メラニーは畏縮して謝った。

「…………はい。すみません」

どうやらクインに認められるような弟子になるためには、まだまだ道のりは長そうだった。

クインの屋敷に移って数日。

最初こそ何をするにも緊張して過ごしていたが、数日も経つとクインや屋敷の使用人たちとも打ち解け、新しい生活を楽しむ余裕も生まれてきた。

初めは弟子兼婚約者という立ち位置に戸惑ったものだが、一緒に魔術の研究をしているうちに少しずつだが、クインの人となりもわかってきた。

普段はあまり表に感情を見せず、クールな顔をしているクインだったが、魔術に関しては並々ならぬ情熱を持っている人だった。指導は厳しいときもあるが、基本的に熱心で、メラニーが休んだ後も一人で工房に籠って夜遅くまで古代語の勉強や研究をしているし、これではどちらが弟子なのかわからないくらいだった。

昨夜もまた工房に籠ったまま過ごしたそうで、心配した使用人から朝食を届けて欲しいとサンドイッチが入ったバスケットを手渡されてしまった。

メラニーは大きなバスケットを抱え、工房にあるクインの部屋のドアをノックした。

「……クイン様、いらっしゃいますか？」

返事がなく、仕方なくドアを開けると、長椅子に凭れかかったまま眠るクインの姿を発見した。

長椅子の手前のテーブルには古代魔術に関する書物が山のように積まれており、夜遅くまで勉強をしていた痕跡が残っている。

開かれたままの本を胸に抱いたまま眠るクインの姿に呆れたものの、よく考えればつい先日まで魔法学校で自分も同じような生活をしていたことを思い出し、人のことは言えないと反省した。

（どうしよう……。よく眠っているようだし、起こすのも悪いわ）

　メラニーは手に持ったバスケットをテーブルの空いたスペースに置くと、ブランケットのようなものがないか探したが、辺りには適当なものがないことを悟ると、自分のローブを脱いでそっとクインの体に掛けた。

　手に持っている本を抜き取っても起きる様子がないことから、余程熟睡しているようだ。

（それにしても、綺麗でまっすぐな髪。私の広がったくせ毛とは大違いだわ。髪質もあるだろうけれど、何か特別な手入れをしているのかしら？）

　こんな間近で観察する機会もそうそうないので、クインが起きないように気をつけながら、じっとその長い黒髪を観察する。

　どれくらいそうやって見ていただろうか。不意にクインの瞼が動き、メラニーは慌てて離れた。

「おはようございます。クイン様」

「……んっ、メラニーか？」

　クインはまだ眠たそうな目を擦り、きょろきょろと周りを見回した。

「ああ、眠ってしまっていたか。……今、何時だ？　ん？」

　体を起こしたクインが自分の体からずり落ちたローブに気づき、手に取る。

「これは、君の……」

「あ、すみません。何か掛けるものを探したのですが、見つからなくて」

「……すまないな。ありがとう」

クインは恥ずかしそうに頰を掻いて、メラニーにローブを返した。

(クイン様も照れることなんてあるのね。ちょっと可愛いわ)

普段は澄ましているクインの照れた姿が新鮮で、とても微笑ましく感じられた。だが、クインのような青年に対して可愛いなんて思うのは失礼だろうか？

メラニーがそんなことを考えていると、クインがテーブルの上のバスケットの存在に気づいた。

「その籠は？」

「あ、料理長からサンドイッチの差し入れです。クイン様、まだ朝食を食べていらっしゃらないですよね？ と言ってもそろそろお昼近いですけど……」

「そうか、もうそんな時間か。……しかし随分な量だな。君の分も入っているのでは？」

「え？」

確かにバスケットの中を覗けば、かなりの量のサンドイッチが詰め込まれており、一人で食べるには量が多そうだ。クインの言うように料理長が気を利かせてメラニーの昼食の分も入れてくれたのかもしれなかった。

「折角だから、ここで一緒に食べるか？」

「は、はい！」

クインから誘われ、メラニーは喜んで頷いた。

お屋敷では一緒に食事を摂ることもあるが、こうした工房の中で二人きりで食事をすることはないので、普段とは違うシチュエーションにちょっとだけワクワクした。

並んで長椅子に腰掛けると、クインはバスケットの中からサンドイッチを取り出し、一つをメラニーに手渡す。

「ありがとうございます。……いただきます」

「これは中々美味いな」

隣でクインがサンドイッチに齧り付く様子を眺めながら、メラニーも小さな口で一口齧った。シャキシャキの野菜と塩気の効いた肉が挟まったサンドイッチはボリューミィでとても美味しい。普段は小食の自分でも、これならばペロリと食べられそうだった。

メラニーがもぐもぐと咀嚼している間に、クインはあっという間に一つを食べ終わり、次のサンドイッチへと手を伸ばしていた。

(いつも思うけれど、クイン様って食べるのが早いわよね。そんなに急いで食べているという感じじゃないのに、いつの間にか料理が消えているから不思議だわ)

「……どうかしたか?」

メラニーがじっと見ていたことに気づいたのだろう。クインがメラニーに目線を向けた。

「あ、いえ……。ええと。飲み物も一緒に持って来れば良かったかなと思いまして……」

「……ああ。そうだな。少し待っていなさい」

「え、クイン様？　わざわざ取りに行かれなくても大丈夫ですから！」

見つめていたことを誤魔化すために口にしたことを受けてクインが立ち上がってしまい、メラニーは慌てた。しかし、屋敷まで取りに行くのかと思えば、クインはなぜか壁の薬棚の前で足を止めた。そして引き出しから乾燥した薬草を手に取ると、今度は調合道具の並んだテーブルの方へと体を向ける。

「あれ？　クイン様？　一体何を？」

突然のクインの行動に驚いていると、彼は調合の準備を始めた。

まず、テーブルの上のフラスコに手に持った薬草を軽く指で潰すようにして入れ、そこに水魔法を使って水を注ぎ入れる。そして流れるような動作で今度は手のひらに火魔法で炎を出すと、上手い具合に調整しながら、フラスコの中の水を沸かし始めるではないか。

「コップは……。これでいいか」

そう言ってクインは近くにあったビーカーを二つ取ると、フラスコの中の緑色に色づいた熱い液体を均等になるよう注ぎ入れ、メラニーのところへと戻ってきた。

「……クイン様？　これは……」

恐る恐る訊ねると「薬草茶だ」と言って、ビーカーの一つを差し出される。

「薬草茶……」

ハーブティーのようなものだろうか？　色や匂いはハーブティーによく似ていたが、ビーカーに入った見た目が見た目なだけに、口を付けるのには抵抗を覚えた。

「どうした？　疲労回復の効能を持った薬草から抽出したから体にもいいぞ」

　ビーカーを手に持ち固まるメラニーを尻目に、クインは躊躇することなく、グラス代わりのビーカーに口を付け、一口飲んだ。

「綺麗に洗ってあるから、衛生的にも問題はない」

（そういう問題でもないのだけれど……。クイン様って意外とこういう雑なところがあるのよね……）

　メラニーはごくごくと薬草茶を飲むクインを呆れた眼差しで見つめた。

（……それはそうとして、こんな風にも魔法を使うことができるのね）

　しかも今の手際を見るからに随分と慣れた様子だった。もしかして普段から魔法を使って薬草茶を淹れているのだろうか。そう思って訊ねると、クインは「特別なときだけだ」と言って、サンドイッチの続きを食べながら説明をした。

「家では滅多にしないが、野営などで外に出るときはよく使っている。平民の間でも魔法が使える者が利用している方法だが、普通の貴族はわざわざ自分の魔力を使ってまでやることはないだろうな。でも、魔法学校に通っていれば野外授業などで習うことがある。適切な温度に水を沸かすのはそれなりに練習が必要になって魔術の鍛錬にもちょうどいいからな」

確かに野外では重宝しそうな魔法の使い方だった。

そこで、クインが仕事で魔物退治によく出かけると言っていたことを思い出した。

（そう言えば、クイン様は宮廷魔術師の中でも攻撃魔法に特化した選ばれた魔術師団に配属されていると叔父様が言っていたっけ）

普段王都の外に出ることがないメラニーにとって、魔物が蔓延る外で野営をしながら討伐の仕事をすることは相当過酷なもののように思えた。

（それだけクイン様は優秀な魔術師なのよね……。もっと色々なことを教わりたいけれど、お仕事で留守にすることも多くなるのかしら？）

そんな風に考えた直後のことだった。サンドイッチを食べ終わり二人で後片付けをしていると、クインが明日から仕事に行くことになったと告げた。

「……お仕事ですか？」

「ああ。君を引き取った関係でまとまった休みを貰っていたのだが、急ぎの仕事が舞い込んできてな。数日は留守になるだろう」

「……そうですか」

クインは宮廷魔術師の中でもトップクラスの実力者だ。そう長々と仕事を休めるわけがないことに気づき、メラニーは肩を落とした。

そんな落ち込んだ様子を見せるメラニーにクインは苦笑して言った。

「心配するな。留守の間、調合とは別に課題を出しておく。私がいなくとも一人でできるような内容だ。その課題をしながら勉強に時間を充てるといい」

「あ、ありがとうございます」

自分の考えを読まれ、恥ずかしく思いつつも、クインが留守の間のことまで考えてくれていると知り、嬉しく思った。

こうして、クインが仕事に行っている間、メラニーは一人、屋敷で過ごすこととなった。

クインがいなくとも屋敷の使用人は良くしてくれるので、何も不自由は無い。クインが言った通り、すっかりメルルにも慣れてくれたし、メラニーが研究室に籠って課題に打ち込んでいても、叱ることもない。非常に快適に過ごさせてもらっているが、それはそれで何だか申し訳なくも思えてくる。

そもそも弟子とは師匠の身の回りの世話をするものなのに、お屋敷のことは使用人がやってくれるし、クインも大抵のことは一人でやってしまうので、メラニーがすることは何もない。寧ろ、何から何までお世話になっている状態だ。

してもらっているばかりで何も返せていないことが心苦しく、せめて何かお礼をしたいと思ったが、箱入り娘の世間知らずなメラニーにできることはそう多くない。こんな時、役に立てない自分が悲しくなった。

工房の研究室でクインから出された課題をやりながらメラニーが溜息を吐いていると、どこからともなくメルルがやってきて、スリスリとメラニーに擦り寄ってきた。

「メルル。慰めてくれるの？　ありがとう。……あら？」

いつもとメルルの肌の感触が違う気がして、メラニーはメルルの体をマジマジと見つめた。なんだか、いつもより肌が綺麗だ。

「……メルル。あなたひょっとして脱皮した？」

メラニーは急いで立ち上がると、自室にあるメルルの巣へと向かった。

「うわぁ！　綺麗に脱皮しているわ！」

メルルの巣の中に残っていたのは特大の蛇の皮だった。

「これ、クイン様にあげたら喜んでくれるかしら？」

蛇の皮は研究材料の中でもかなり利用価値の高い品だ。それもかなり良い状態で脱皮しているので、これならばきっとクインも喜んでくれるだろうと、メラニーは喜んだ。

「ありがとう、メルル。脱皮して疲れたでしょう。今、餌をあげるね」

その日の夜、使用人からクインが帰ってきたことを告げられ、メラニーは早速用意したプレゼントを持って、出迎えのために玄関ホールへと向かった。

階段を下りると、ちょうど帰宅したばかりのクインがコートを脱いでいるところだった。

「おかえりなさいませ、クイン様！」

メラニーは久しぶりに顔を合わせるクインに駆け寄ると、満面の笑みで出迎えた。

「ああ……。ただいま」

なぜかクインは戸惑った様子で固まるので、メラニーは小首を傾げる。

「クイン様？」

メラニーが声をかけると、クインは照れた様子で口元を押さえ、目線を逸らす。

「……いや、なんと言うか、家に帰ってきてそんな風に熱烈に出迎えられると、こそばゆいものがあるなと思って」

「熱烈……」

クインに指摘され、ボッと顔が赤くなる。

確かにクインが帰って来たことが嬉しいあまり、少々勢いよく出迎えてしまったかもしれない。これではまるで恋人の帰りを待ち侘びた婚約者のようではないか。

そのことに気づいたメラニーは益々顔を赤くさせた。

気恥ずかしくなり黙り込んだ自分たちを使用人たちが生暖かい目で見守っていることに気づき、クインがコホンと咳払いをした。

「まぁ、いい。……仕事が長引いて悪かったな」

「とんでもないです。お仕事なんですから、私のことは気にしないでください」

「そうはいかないだろう。わざわざ弟子として迎え入れたんだ。どうだ？　課題は進んでいるか？　わからないことがあったら何でも言いなさい」

　留守であったことに気を遣ってくれるクインに、嬉しいと思いながらメラニーは笑顔で頷いた。

「大丈夫です。無事に終わりましたから」

「そうか。終わったか。…………は？　終わった？」

「はい。とても面白い課題でした。魔法陣の課題なんて初めてだったので、上手くできているかわかりませんが、たぶん発動もできると思います。魔法陣に属性を組み込むって意外と難しいのですね。最初、火の属性を強化しようと術式を取り入れてみたのですが、なんだか上手くいかなくて。でも術式を組み込むのではなくて、道具を使って属性強化をすればいいと途中で気づいたんです」

「道具を使った属性強化？」

「はい！　古い文献に、昔は今みたいに市販されているような魔術用のインクはなくて、魔術師は自分でインクを自作していたと書いてあったんです。それで私もその製法に倣って、魔法陣を描く際に使うインクに火の属性効果の高い材料を加えて調合してみました。そうしたら本当に上手くいって。それで今は、インクに色々な素材を混ぜて他の反応がでないか研究しているんですよ」

興奮気味に話すメラニーにクインは表情を硬くしたまま、額を押さえる。

「……クイン様？」

「いや。なんでもない。後で見せてもらおう」

「はい！　採点よろしくお願いします。あ、そうだわ。クイン様」

「……まだ何かあるのか？」

「プレゼントです！」

メラニーは後ろ手に隠していた箱をクインに差し出した。

「お世話になっているお礼です。開けてみてください」

「……何度も言っているが、気を遣う必要はない」

そう言いつつメラニーが何を用意してくれたのだろうと、クインは興味津々に箱を開けた。

「め、メラニー？　……なんだ、これは？」

箱の中身を見たクインの声が上擦った。

「メルルの抜け殻です。すっごく綺麗に剝けたんですよ？」

「……そのようだな」

「クイン様？」

「……いや、ありがとう。メラニー。重宝させてもらうよ」

「はい！」

クインの顔は引き攣っていたのだが、それには気づかないメラニーは嬉しそうに頬をほころばせたのだった。


「しかし、まさかお前が婚約するとはな。本当に驚いたよ」

深い青の瞳を好奇心に輝かせ、男はクインに向かって満面の笑みを向けた。すらりとした高い鼻と大きな口が特徴の青年は、サラサラとした金色の髪を掻き上げながら、もう片方の手でワインの入った瓶を摑むとクインのグラスに注ぎ入れた。

「それ、何回言うつもりだ」

「いいじゃないか。さぁ、改めて乾杯しよう」

「……乾杯も何度目だ？」

グラスを掲げる男にクインは呆れるように溜息を吐き、乾杯を無視してそのままグラスを口へと運ぶ。ちなみにワインは既に一本空にしており、今のワインは二本目だった。

王宮の一室にて、親友の婚約話を肴にワインを飲む男は、このフォステール王国の第一王位継承者であるケビン王子だ。

ケビンとクインは年齢が近い上に、職務上交流することが多く、クインが宮廷魔術師になりたての頃から親しい間柄であった。

王子という立場にもかかわらず気さくな性格のケビンは、人と壁を作りがちなクインを何かと気にかけていた。寡黙でとっつきにくく、国内でも最強の魔術師と名高いクインにはあまり親しい人間はいない。こうして酒を酌み交わして気さくに話をするのもケビンくらいのものであった。

この日も婚約祝いに秘蔵の酒を出すからと、無理矢理クインを誘ったのだった。しかし、当のクインは口が堅く、なかなか婚約者のことを語ろうとしなかった。それで酒を勧める量が多くなってしまうのは仕方ない。

初め、ケビンはこの人付き合いの悪い男が婚約をしたと聞いて何かの冗談かと本気で思った。ケビンからすれば、クインはやや目つきが鋭く、他人を寄せつけないオーラを出している以外は、文句のつけようのない美男子である。しかし、いかんせんこの頑固者は他人に関心を持たない上に、一年の半分は国内にいないような多忙な男であるから、浮いた話をまるで聞かないのであった。

　もちろん、若くて将来有望な宮廷魔術師に興味を持つ貴族や令嬢は多く、ケビンが知っているだけでも相当な数の見合い話があった。だが、この男は出世にも興味がなく、貴族のいざこざに関わるのはゴメンだと言ってその全てを断ってきた。

　それなのに、婚約相手があのスチュワート家の令嬢だと言うのだから、驚きである。

　スチュワート家と言えば、侯爵家であり、国内でも有数の魔術師の名家でもある。そんな位が高い家の娘を嫁に貰おうとするとは、クインらしくない話だった。

「……正確には弟子だ」

　クインは眉間に深い皺を寄せながら、ケビンの言葉を訂正した。

「彼女を弟子にする条件が婚約だったのだから仕方ない」

　渋い顔でグラスを傾け、一気にクインは酒を呷った。結構なペースでワインを飲んでいるが、クインもケビンも酒には強く、二人とも顔には出ていない。

「そっちに関しても驚きだよ。お前が弟子を取るなんて、どういう心境の変化だ？」

　弟子に関しても、クインに弟子入り志願をする魔術師は数多くいたが、自分の時間がなくなるからと言って婚約同様全て断ってきた男だ。そんなクインが自ら弟子に取りたいと希望するなんてどんな子なのだろうと、ケビンの興味は深まる一方だ。

　ケビンはどうにかこの寡黙な男から詳しい話を聞き出したい一心で、クインのグラスにお代わりを注いだ。クインもそんな親友の思案に気づいているようで、警戒した目で睨んでくる。

しかし、こうなったケビンはしつこいだけと知っているクインはとうとう根負けして深い溜息を吐き出した。

「……あんな才能を見つけたら、放っておけないだろう」

「ほう。国一番の宮廷魔術師にそこまで言わせるとはね。そんなにすごいのか？」

「ああ、才能の塊だよ。……というより逸脱し過ぎているな。ダリウス教授も今まで何をしていたんだか」

「ダリウス……。ああ、お前の先生か。そう言えば、彼もスチュワート家の人間だったな」

「彼女は教授の姪っ子だ」

「ふうん。じゃあ、サラブレッドか？」

ケビンが訊ねると、クインは緩く頭を振った。

「それがそうではない。本人は魔力がほぼなく、学校にも通っていなかった」

「は？」

テーブルのつまみを取ろうとしたケビンの手が止まった。

「おい、そんな人間を弟子に迎えたのか？」

曲がりなりにも宮廷魔術師の弟子が魔力を持ち合わせていないとはありえない話だ。

しかも、相手はスチュワート家の人間。代々有名な魔術師を輩出してきた家に、言葉は悪いがそんな落ちこぼれがいることすら驚きだった。

「独学で勉強はしていたそうだ。だから、誰も彼女の才能に気づかず、公爵家に嫁に出すところだったらしい」

「公爵家……」

「どうした？」

「いや、少し前にちょっとした醜聞が聞こえてきたなと思ってな。なんでもオルセン家の嫡男が婚約者を振って、その婚約者の親友であるローレンス家の令嬢に乗り換えたとか」

ケビンにとっては貴族間の醜聞など聞き飽きた話だったが、それが権力のある公爵家の話だったので何となく覚えていた。まさかスチュワート家との婚約を破談にして、新参者のローレンス家に乗り換えるとは、なんと馬鹿なことをと思った記憶がある。

この国には『スチュワート家を敵に回してはいけない』という格言があるくらい、スチュワート家は一部の人間から恐れられているのだ。

幸い、現在のスチュワート家は表向きには政治に関与しておらず、なりを潜めているが、実は裏では相当な権力をもっている家だ。その力は王族ですら畏怖しており、スチュワート家に関わることを極力避けるようにしているくらいだった。

そんなスチュワート家に喧嘩を売ったオルセン家が今後どうなるのか、貴族たちの間ではもっぱらの噂になっていた。その渦中の令嬢がクインの弟子兼婚約者となるとは、人の縁とは奇妙なものだ。

「……そうだったのか」

ケビンの話を聞いて、やけに神妙な表情を浮かべているのに気づき、ケビンは呆れた目でクインを見た。

「なんだ、お前。自分の婚約者のことなのに、そんなことも知らなかったのか？」

「……婚約者じゃなくて、弟子だからな」

憮然とした顔でわざわざ弟子と強調する親友に、ケビンは思わずニヤリと笑う。

クインとは長い付き合いになるが、そこまで他人を気にかけるなんて初めてのことだ。

本人は自覚していないのかもしれないが、どうやらその令嬢はかなりのお気に入りらしい。

しかしここで揶揄ったりしたらまた口を噤みそうだと思い、深く追及するのをやめて、遠回しに探りを入れることにした。

「まぁ、いいけど。それで？　そのお弟子さんは、どんな才能を持っているんだ？」

ケビンの質問にクインは少しだけ躊躇うように考えた後に口を開いた。

「山のようにあるが、――まず、古代語が読める」

「ブフっ！」

ケビンは口に含んでいた酒を思いっきり噴き出した。

「――こ、古代語だって？　まさか！」

汚れた口元を拭きながら、聞き間違いかと思い、訊き返す。

「いや、それが本当なんだ。独学で読めるようになったらしい」

「独学だと！」

古代語と言えば、今は失われた言語だ。この王宮でも精通している者はそうはおらず、例えば、大昔の文献が必要な場合は一ページを数人がかりの研究員で何日もかけて解読している状態である。古代語が読めるというだけで、どれだけ重宝される人材か。その利用価値はあまりにも高い。

それを僅か十七の少女ができるというのか？

「本人曰く、独学なので今のところ解読できるのは魔術に関する事柄のみだそうだが、それでも十分過ぎる。しかも驚くのは、それだけじゃなくて、その古代語で書かれた古代魔術のレシピを復元できるんだ」

「……は？」

ケビンの中で一瞬時が止まった。

古代魔術の復元は現代において最難関とされる研究の一つである。

クインの所属する宮廷魔術師の中にも古代魔術を専門に研究する者がいるが、ケビンが知る限り今まで大した成果を出していなかった。精々、古文書の一部を解読したとかそんな程度だ。もし、クインの言うことが本当ならば、それは国を揺るがす大きな成果となる。

そもそも古代魔術は今から数百年も昔の魔術だ。古い文献によると、当時の魔術師は今の人間よりも魔力量が膨大で、魔術の威力も精度も今と比べ物にならないくらい優れていたという。それが、長い年月をかけ、魔術は簡易なものに取って代わられ、膨大な魔力と複雑な魔法を要する古代魔術は廃れていった。

加えて、魔術に使用する魔力量が少なくなると共に、生まれ持った魔力も少なくなってきているらしい。そのため、現代の人間が古代魔術を使おうと思っても簡単に使えるものではないと言われていた。

しかし、そうすると先程の話と矛盾することにケビンは気づいた。

「ちょっと待て。彼女はお前みたいな魔力量の持ち主じゃないんだろう？　どうやって古代魔術を使う？」

「発動魔法だけが魔術じゃないだろ。薬の調合や魔法陣の作製など、魔力を使わないでできるものも多い。彼女の専門はそっちだ。分野としては薬学や錬成術の研究になるな」

「ああ、なるほど」

一般的に魔術といってもその分野は幅広い。魔術師と言えば、攻撃魔法をバンバン繰り出すイメージが強いが、それは一部の者だけで実際は研究をメインとする研究者の方が多い。薬を専門とする薬師だったり、魔術に関連した道具作りを専門とした錬成術師だったりとそのジャンルは様々だ。

クインの婚約者は研究のような分野が専門ということだろう。

しかし、どのジャンルにせよ、ある程度の魔力や魔法の知識が必要となるので、魔法学校で何年か勉強した後、その道に進むのが普通だ。そして、魔法学校の入学には魔力の有無が重要となっているため、一定以上の魔力のない者は入学できない決まりとなっていた。なのでクインの婚約者のように魔力がほとんどないにもかかわらず、魔術を学ぶ者は非常に稀な存在と言っていい。そこは、さすがはスチュワート家の娘と言ったところか。

ケビンは考え込むように唸った。

「そうなると、逆に魔力があったら大変なことになっていただろうな」

「そうかもしれない。だが、魔力が無かったからこそ、独学で身に付けた部分が大きい。彼女の作るものを見て思ったが、彼女は古代魔術をそのまま復元させるのではなく、現代魔術と掛け合わせることで、昔の製法を蘇らせていた」

「現代魔術と古代魔術の融合か。……それはなんというか」

「そう、もはや新しい魔術だよ」

「……とんでもないな」

「ああ」

シンと、部屋の中に重々しい沈黙が降りた。

恐らく今、クインと自分は同じことを考えている気がして、ケビンは恐る恐る口を開く。

「――なぁ。下手をしたら、世界を滅ぼしかねないんじゃないか？」

「俺もそう考えた。だから弟子にしたんだ。何かあったときに対応できるのは、俺くらいなものだろう」

「……お前にそこまで言わせるとはすごい弟子だな」

一体、どんな人物なのか、知りたいような知りたくないような……。師も師なら弟子もまた怪物だとケビンは思った。

「とんでもない才能をもった弟子ということはわかった。では、婚約者としてはどうなんだ？」

「……またその話か」

「いいじゃないか。今まで浮いた話のなかったお前が、女性と一つ屋根の下でどんな風に過ごしているのか気になるんだ」

「相手はまだ子どもだ」

「おや、十七であれば立派なレディだろう。まったく興味がないというわけでもないだろう？」

「確かに……目の離せない娘ではあるがな。自分の才能に恐ろしいほど無自覚で、世間知らずの箱入り娘だ。ほっておくと、貴重な材料を使おうとするわ、無茶な調合をしかけて錬成釜を爆発させようとするわ。まったく色々な意味で驚かされるよ」

「ほぅ」

めずらしく饒舌に語る友に、ケビンは笑った。

そんな風にクインが誰かに対して興味を持ったこと自体が非常にめずらしい。本人は頑なに否定しているが、どうやら才能のある弟子としか見ていないというわけではなさそうだ。

(もしかしたら、この朴念仁にも良い影響を及ぼすかもしれないな)

ケビンは溜息を吐く友人を見つめながら、楽しそうに酒を口にするのであった。

ケビンと飲み明かした翌日。クインは屋敷の工房で考え事をしていた。

テーブルの上にはメラニーが作った魔法陣と、メラニーから貰ったメルルの皮が置かれており、それらを眺めながら、クインは眉を顰めた。

手を伸ばし、箱の中に入った大蛇の皮を改めて検分する。

何度見ても極上の逸品だ。脱皮したての上に保存状態も良いものなんて、普通の蛇であってもそうそう手に入るものではない。魔術的に見ても、白蛇の、しかも特大サイズの抜け殻はあまりにも珍しい逸品である。これを金に換えれば、一般市民なら優に一生暮らせるだろう。

その上、蛇は年に一回は脱皮すると言う。つまりはあのメルル一匹で途方もない財を築けるのであった。

そんな高級品を簡単にプレゼントするメラニーは常識に欠けていると言えるだろう。

それにメラニーはあの大蛇をペットのように可愛がっているが、クインから見て、あれは恐ろしい魔物の類だった。

そもそも、人に懐かない爬虫類を使い魔にすること自体がまずありえないのだ。通常、使い魔と言えば小回りの利く鳥や小動物が一般的で、蛇を使い魔にするなんて聞いたことがなかった。

しかも、ただの蛇ならともかく、メルルは巨大な蛇だ。あの巨体なら簡単に人を絞め殺すこともできるし、そうしなくても牙に含まれた毒だけで一撃で殺めることができる。

クインも一度だけだが、メルルが屋敷の庭に飛んできた大型の野鳥を捕獲する瞬間を目にしたことがあった。

のんびりと羽根を休める野鳥に狙いを定めたメルルがその喉元に齧り付いた途端、野鳥は痙攣して泡を吹いて倒れた。その後、メルルは自分の体の幅より大きい鳥を美味しそうに丸呑みにしていたが、あれはなかなか衝撃的な光景だった。

恐らくメルルはスチュワート家が作り出した変異種。主人に忠実で攻撃力の高い使い魔は、それだけで恐ろしいほど価値がある。メルルが傍にいる限り、メラニーの安全は確保されていると言えるだろう。

そんな危険な使い魔を使役しているメラニーは無自覚な分、恐ろしい。

それは彼女と一緒に研究をしていて、何度も感じていたことだった。

クインは蛇の皮から手を離し、隣の魔法陣へと目線をずらした。

自分が留守にしている間、彼女に出した課題は既存の魔法陣の改良という内容だった。

魔法陣とは魔術の補助装置であり、攻撃魔法や調合の錬成など幅広い場面で使われる魔法道具である。

初歩的な魔法はイメージすることで誰でも簡単に使うことができるが、少しでも高度な魔法になると、自身のイメージだけでは発動することが困難となる。それを助けるのが呪文の詠唱や、魔力の籠った指輪や杖などの装飾品や魔法陣の使用だ。

魔法陣の使い方は様々だが、基本的には魔法陣に魔力を与えることで魔法が発動する仕組みだ。これなら、魔力がないメラニーが誤って魔法陣を発動してしまうという恐れがないため、安全に研究できるだろうと思い、課題に出したのであった。

それに調合ばかりやらせていると、クインの大事にしているコレクションをどんどん消費してしまうので、余計な出費をさせない目的も兼ねていた。

メラニー自身も魔法陣は見たことがあっても、実際に作ったことはないと言っていたので勉強も兼ねて、少しだけ高度な内容にしてみた。新米魔術師ならば最短でも二ヵ月以上は頭を悩ませる課題だが、彼女はクインの留守中のたった数日でこなしてしまった。

その上、課題の解き方が普通ではない。彼女の常識外れな考えがそうさせるのか、古代魔術からヒントを得た発想を使って、奇抜な方法で彼女は魔法陣を改良した。

（まさか術式を直すのではなく、魔法陣を描く道具を変えて属性強化を行うとは。確かに現代でも使われなくはない製法だが、インクの調合は宮廷魔術師でも難しいとされている。それを彼女はいとも簡単に作り、しかもそれを使って属性付与も成功させてしまうとは……。本当に恐ろしい子だ）

しかも、後日こっそりとその魔法陣を発動させてみたのだが、効果は桁違いだった。まだまだ実用向きではなく更なる改良は必要だが、それでも十分過ぎる成果だった。

（一体、彼女の頭の中はどのようになっているのか）

国一番の宮廷魔術師と言われるクインですら、どう扱えばいいか悩むほど、メラニー・スチュワートは特別な人間だった。

そして特別な才能を持つが故に、彼女に対する不安も大きい。

何よりも気がかりなのは彼女が自分の才能に対し、あまりにも無頓着なことだろう。

どういうわけだか、メラニーは自分の才に自信が持てずにいる。内向的で人見知りをしてしまう性格は構わないが、メラニーの場合、どうも度が過ぎているように感じた。

そんな彼女の不安定さは非常に危ういものだ。

ケビンには笑われたが、メラニーに対し、過保護になってしまうのは仕方のないことだった。

回復薬にしろ、魔法陣にしろ、彼女が作り出したものは現代魔術よりも遥かに優れたものだ。もし表に出したら世間を騒がせる品になるのは間違いない。そうなれば、国中の魔術師が彼女に注目することになるだろう。彼女の才能は良くも悪くも、多くの人間に狙われる危険性があった。その時、無知な彼女を唆し、利用する者が現れないとも限らない。

それを防ぐためにも、まずは彼女自身に自分の能力の高さを自覚してもらわなくてはと、考えていた。

「……魔術品評会か」

クインはぼそりと呟き、昨晩ケビンから提案されたことを思い返していた。

「なるほど。……自分の才能を自覚して欲しいか。確かにそんな途方もない才能を持っていたら、その才能を欲しがる貴族どもにあっという間に狙われるな」

メラニーについてケビンに相談を持ちかけると、クインの話にケビンも同様の心配を示した。貴族たちの汚さについては、クインよりも余程彼の方が詳しいだろう。

ケビンは眉を顰めて、しばし考えてから「そうだ！」と、提案した。

「なら、魔術品評会に出してみればどうだ？」

「魔術品評会？」

ケビンに打診され、そう言えば今年が開催年であることにクインは気づいた。

魔術品評会はその名の通り、魔術師たちが自分の研究を発表する場のことである。

数年に一度、国が大々的に主催する大会で、国王を始めとした審査員の前で自分の魔術を披露することができ、優秀な成果を出した人間には輝かしい名誉と莫大な賞金が与えられる。貴族平民にかかわらず、魔術師ならば誰でも出場できることから、毎回多くの魔術師が参加している一大イベントだ。

それほどまでに国がこの大会に力を入れているのには理由があった。

実は数十年ほど前から、国の魔術の技術革新は頭打ち傾向にあり、年々魔術の力が衰退してきているのだ。それに加え、近年は国の周りに生息する魔物たちが増殖しており、これが深刻な問題となっている。クインが一年の半分以上、国内外の魔物退治に出かけているのもそういった理由があった。

そんな状況を打破しようと、国を挙げて始まったのが魔術品評会であった。

大会では毎回、新しい攻撃魔法や現状の魔術の改良など多くの魔術が披露され、それにより少しずつであるが、魔術の技術振興がされていた。その例で言うと、メラニーから婚約者を奪ったエミリアの家であるローレンス家も数年前の品評会で新生魔術を発表し、大きな評価を得て、男爵という爵位を与えられていた。

ケビンとしても、メラニーの作ったものが国益となればありがたいこともあって、そんな提案をしたのだろう。

魔術品評会に出れば、彼女は間違いなく周りの魔術師から一目置かれる存在となるだろう。それで自信がつけば簡単だが、同時に彼女の存在が知れ渡るというリスクもある。

そこは悩ましい問題だが、クインが彼女を弟子に取った時点で、彼女の存在は既に噂になっている。遅かれ早かれ彼女の才能が知られるならば、早めに彼女に自信をつけてもらい、自分の立ち位置を確立させるというのも一案であった。

クインは自分の中で結論づけるとメラニーを工房に呼び、話を切り出すことにした。


「わ、私が魔術品評会に？」

案の定、彼女は大きな目をパチクリとさせて、クインを見つめた。

どうやら世間知らずなところがあるメラニーでも品評会のことは知っていたようだ。

「ああ、そうだ」

　クインはメラニーの作った魔法陣を示しながら、彼女に説明した。

「君の手がける古代魔術は魔法学の歴史を動かすほどの価値があるものだ。十分に出場する資格はある」

「……でも、私は」

　クインの予想していた通り、メラニーは顔を俯かせ、戸惑いの表情を見せた。

　人前に立つことを酷く嫌っているとはダリウスから聞いているが、それよりも自分の魔術にまだ自信がないのだろう。案の定、メラニーは自分を否定する台詞を口にした。

「すごいのは古代魔術です。私はただ解読ができるだけで。……それに魔力もない人間が品評会に参加するなんておこがましいだけです」

　彼女の根深い劣等意識はどこからくるものだろうか。クインはこめかみを指で叩きながら、どうしたものかと考える。

「メラニー。私は才能がない人間ならば、弟子に迎え入れようなんて思わない」

「……クイン様」

「君が表舞台に立ちたくないという気持ちはわかるが、私は君にはもっと自分に自信を持って欲しいと思っている。品評会の参加を勧めているのは、君に大きな経験と自信をつけて欲しいと願ってのことだ」

「自信……ですか……」

クインの説得にもメラニーの顔は晴れない。自分への称賛も素直に受け取れないほど、彼女の劣等感は凝り固まっているようだった。クインは頭を悩ませ、小さく唸った。

（とは言え、無理強いはさせたくないからな。品評会の参加が難しいとなると何か他に……）

「——そうだ。一度、私の職場に来てみるか？」

「え？」

思いつきの提案だが悪くないのではないかとクインは考えた。今のメラニーはまだ狭い世界しか知らない。このまま屋敷に引き籠って研究をしているより、他の魔術師たちと交流を持った方が、色々と見聞を広めて自分の才能を客観視できるようになるのではないだろうか。

「……宮廷魔術師のお仕事は興味ありますけれど、でも、部外者が行っていいものですか？」

どうやら、彼女は宮廷魔術師に興味があるらしい。訊ねたメラニーの瞳はキラキラと輝いていた。そんな彼女の反応を見て、これはいい兆候だと、クインは口の端を上げた。

「君は私の弟子だ。そこまで部外者ではあるまい。それに将来的には宮廷魔術師を目指してみてもいいかと思う」

「私が、クイン様と同じ宮廷魔術師に？」

彼女の瞳が大きく見開かれる。

「どうだ？」

考えを巡らすようにメラニーの目線がきょろきょろと動いた。興味はあるが、初めての場所に行くのが怖いのだろう。

彼女はしばらくの間、そわそわと悩み、それでも最後には好奇心が勝ったようで、メラニーは頬を赤らめながら、おずおずと顔を上げた。

「あ、あの……、み、見に行くだけなら」

「決まりだな」

第三章 宮廷魔術師のお仕事場

数日後。メラニーはクインと共に馬車に乗り、城へと向かっていた。

今日は不用意な混乱を避けるため、使い魔のメルルは留守番だ。

「宮廷魔術師の職場はお城の中ではないのですか？」

メラニーは馬車の小窓から外を覗きながら、クインに訊ねた。てっきり城の前で馬車を降りるかと思っていたのだが、城門を潜ると馬車は大きく城を迂回して進んでいく。

「一部は城内にも職場はあるが、ほとんどの職員は城に隣接した専用の施設で働いている。前方のあれがそうだ」

「わぁ、大きい建物ですね」

「国の要となる研究施設だからな。中も魔法学校と遜色のない設備になっている」

城の隣に大きな建物があった。高さは四階建てくらいはあるだろうか。

城にはパーティーなどで何度か訪れているが、裏手にこんな建物があったとは知らなかった。そのことをクインに言うと、クインは「そうかもしれない」と頷く。

「基本的に城の裏側にある建物は王宮で働く職員のための施設だから、普通の貴族は用もないだろう。表門からも離れた位置にあるし、職員は裏門から出入りしているからな。宮廷魔術師の研究棟の他にも宿舎や訓練場、馬場に、騎士団が訓練などに使うコロッセオもある。魔術品評会で使う会場もそのコロッセオになる」

クインは奥に見えた大きな円形状の建物を指さした。

「まぁ、随分と大きな会場なのですね」

「国が力を入れている催しだからな。国中の貴族たちも大勢見物に来るし、国王陛下も審査員として参加されるしな」

話を聞けば聞くほど、自分には参加することは無理だと思ってしまう。大勢の人の前で魔術を披露するなんて、引っ込み思案の自分には到底考えられないことだ。

(クイン様は私に出場して欲しいと考えているけれど。やはり私には重荷だわ)

そんなことを考えている間に馬車が宮廷魔術師の研究施設に到着した。

「さぁ、着いたぞ」

馬車の中から見ても大きな研究施設だと思ったが、近くで見ても立派な建物だった。

馬車から降りている間も宮廷魔術師たちが出入りしており、皆、その特徴となる白のローブを身に着けていた。クインも今日は制服姿で、白のローブを纏ったその姿は一段と凛々しくメラニーの瞳に映った。

(私もクイン様から貰ったローブを着てくれば良かったかしら？)

今日は見学の予定なので他所行きの丈の長いワンピースを着てきたのだが、魔術師たちが行き交う中では明らかに浮いた格好のように感じられた。しかし今更後悔しても遅い。

「メラニー。どうかしたか？」

「あ、いいえ。なんでもありません」

メラニーは首を振り、クインの後ろに続いて建物の中へと入った。

「外から見ても大きな建物だと思いましたけど、中も広いのですね」

「そうだな。ここは国の要となる魔術の研究場だからそれなりに設備も整っている。薬草園や鍛錬のための演習場なんかも入っているしな」

長い廊下にはたくさんの研究室が並んでおり、多くの宮廷魔術師たちが魔術の研究に励んでいる様子が見られた。その雰囲気はどこか魔法学校を連想させるもので、見学していると自然と胸が高鳴っていくようだった。

（こんな場所で私も働けたらいいな。でも、人見知りの私がこんなに大勢の人のいる場所で働くなんて無理かしら？　人の視線も気になるし……）

と、そこでメラニーはあることに気づき、周囲を見渡した。

（……あれ？　なんだか人が集まっているような……。気のせい……じゃないよね？　でも、どうして？　私が部外者だから？）

よく見れば壁や柱に隠れるようにして宮廷魔術師たちがメラニーたちに注目していた。

「――く、クイン様⁉　なんだか、人が集まってきているのですが……」

クインの後ろに隠れたメラニーの耳に魔術師たちのひそひそ声が聞こえてくる。

「あれが例のクイン様の弟子？」

「いや、弟子じゃなくて婚約者じゃなかったか？」

「随分若い子じゃないか。とてもクイン様の弟子には見えないぞ」

好奇心の目に突き刺され、メラニーは困惑しながらクインに助けを求めた。

「く、クイン様……」

クインも観客たちの存在に気づいたようで、周囲を見渡し、「やれやれ」と額を押さえた。

「おい、お前たち。見せ物じゃないぞ。仕事に戻れ！」

「――は、はいっ！　すみませんでしたっ！」

クインが一喝すると蜘蛛の子を散らすように白いローブが散っていく。その様子を唖然と見つめながら、メラニーは恐る恐るクインに訊ねた。

「クイン様？　どうしてあの人たちは集まっていたのでしょうか？」

「……どうやら君が私の弟子だということが広まっているようだ」

「え？」

「気にするな」

（気にするなと言われても……。もしかして、クイン様ってそんなに有名人なのかしら？

とても優秀な魔術師だとは聞いていたけれど、弟子を取るだけでこんなに注目されるなんて余程のことじゃないかしら？　ひょっとしたら私、とんでもない人に弟子入りしちゃっているんじゃ……）

ここにきて今更事の重大さに気づいてしまい、メラニーは顔色を変えた。

「メラニー？　大丈夫か？」

「いえ！　なんでもありません！」

「それならいいが………。そうだ。君に案内したい部屋があるんだが」

「案内したい部屋？」

「……ここ？　ですか？」

案内されたのは研究室の並んだ廊下の一番奥にある小さな部屋だった。扉の前には年季の入ったプレートが飾ってあり、汚い字で古代魔術研究室と書かれている。

「古代魔術研究室？　私の他にも古代魔術を専門に研究している人たちがいるんですか？」

「ああ。……そうは言っても人数は少ないがな。古代語の解析の難しさから専攻する魔術師もそういなくて、年々研究者も減り、今にも消え入りそうな研究室になっている」

そう言ってクインは古代魔術研究室のドアをノックし、ドアを開けた。

「失礼する」

「――誰だ！　今、錬成の途中だ！」

「おっと！」

クインが入ろうとすると、中から男の甲高い声と共に杖が飛んできた。しかし、クインはそれを難なく手で受け止めると、杖を投げてきた人物を睨んだ。

「いきなり危ないですね。何をするんですか？　オーリーさん」

メラニーはクインの後ろから顔を覗かせて、何事かと確認する。

そこにいたのは年老いた小さな魔術師だった。背丈はクインの腰までしかなく、もじゃもじゃとした白髪は口の周りを覆った長い髭と完全に一体化しており、どこまでが髪の毛でどこからが髭かわからない。かなりの年齢のように見えるが、いきなり人に対して杖を投げるあたり、相当パワフルな老人なのだろう。

「なんじゃ、クインの坊主じゃないか。ここに来るなんてめずらしいこともあるもんだな」

オーリーは長い髭を撫でながら、クインを興味深そうに見つめた。

「少しお邪魔させてもらってもいいですか？」

クインがオーリーと話をしていると、部屋の奥からガラガラと物が落ちる音がして、一人の少年が飛び出して来た。

「――クイン様ですって!?」

目をキラキラと輝(かがや)かせてクインの前に現れた少年は伸(の)ばしかけの明るい茶髪(ちゃぱつ)を後ろで一つに結んでおり、小柄(こがら)な体格と細めの目が特徴的な随分と若い魔術師だった。

年はメラニーと同じくらいだろうか、今日見た宮廷魔術師の中でもダントツに若い魔術師に見えた。

宮廷魔術師試験は狭(せま)き門で、そうそう簡単になれるものではなく、数々の伝説を残すクインは例外として、彼のような若い宮廷魔術師はそう多くはない。なよなよとした見た目によらず、少年は優秀だということだろう。

「こら、ディーノ。物を落とすなっ!」

「うわぁ。本物だ……。どうしよう!」

ディーノと呼ばれた少年はオーリーの声なんて耳に入っていないようで、クインを見つめ高揚(こうよう)した様子で頬(ほお)をバラ色に染め上げる。どうやらクインに相当心酔(しんすい)しているようである。

「お前は確か、新米の……」

「はいっ! ディーノと申します!」

クインに話しかけられ、ディーノが声を上擦(うわず)らせながら答えた。

「そうだったな。ここに配属されたのか?」

「いえ。やっと研修期間が終わって、これからどこに所属するかあちこち見学している最中なんです。今は偶々ここにいるんですけど。……で、でも、僕の一番の希望先はクイン様と同じ魔術師団です！」

ディーノが頬を赤らめてクインに告白すると、部屋の奥から茶々が入った。

「はっ。お前みたいな新米小僧がエリート部署なんぞ百年早いわ」

その野太い低い声に驚いて目を向ければ、今度は厳つい顔の大男が姿を現した。

オーリーと同じくらい年老いているが、背の低いオーリーとは対照的に今度は見上げるくらいの大柄な魔術師だった。しかも、つるりとしたスキンヘッドで、眉と髭は黒々としており、ぎょろりとした目つきは見る者を威圧する迫力があった。

「バーリーの言う通りじゃわい」

オーリーが大男の言葉に同意すると、ディーノはフンと鼻を鳴らす。

「長年碌な成果を出していない研究室の住人たちに言われたくありませんね」

「なんじゃと！　これだから最近の若者は敬意が足らん！　もっと年寄りを敬わんか！」

三人の喧しいやり取りにクインは呆れて溜息を吐き、メラニーに謝った。

「メラニー。すまんな。ここの住人は少々個性が強いようだ」

「はぁ……」

「ん？　クイン。後ろに誰かいるのか？」

クインの後ろに隠れるように立っていたメラニーの存在にバーリーが気づき、声をかけてきた。

「私の弟子です。今日はこちらに見学に伺いました」

「クイン様の弟子だって!?」

「……あ、あの、お邪魔致します」

クインに促され、恐る恐るメラニーは部屋の中へと入り、頭を下げた。

「メラニー。こちらのご老人たちがここの研究室で長年古代魔術を研究している魔術師だ」

そう言ってクインはオーリーとバーリーをメラニーに紹介する。

改めて老人たちの前に出たメラニーは彼らのローブがディーノやクインの白いローブと違い、全体的に灰色にくすんでいることに気づいた。長年着ているのか、色んな薬剤が染み込んでおり、ローブ一つとっても貫禄のある魔術師のように感じ、メラニーは畏縮しながら挨拶をする。

「あの……メラニーと申します。錬成作業の途中なのにすみません」

「堅物のクインがとうとう弟子を取ったとは聞いておったが、まさかこんなに若い嬢ちゃんとはのう」

「ああ。まだまだ子どもじゃないか。年はいくつだ？」

「じゅ、十七です……」

「十七!?　僕より三つも下かよ!」

　メラニーの年を聞いて、横からディーノが驚きの声を上げた。

「そんな若いのにクイン様の弟子って……。そんなに才能あるようにも見えないけど……」

　本人を目の前にぶつぶつと文句を言うディーノにメラニーは居心地悪く体を竦ませる。

どうやらディーノはメラニーがクインの弟子であることが気に入らない様子だった。

「実は彼女は古代魔術を専門に研究をしています。それもあって、今日はここを見学させようかと」

「ほほう。古代魔術が専門とは」

「クインの弟子ならば、さぞかし優秀なのだろうな」

　自分たちの専門分野が得意と聞き、オーリーとバーリーの目が輝いた。

「よしよし!　ではわしらの自慢の研究室を自由に見学するが良い」

「あ、ありがとうございます」

　オーリーとバーリーの許可を貰い、部屋の中を見せてもらえることになった。

　とは言ってもそれほど広くはない研究室である。首を巡らしただけで部屋の全体がほとんど見て取れた。

　部屋の中央には大きなテーブルがあり、半分は調合用。もう半分は魔法陣や古い書物などが乱雑に積み重なっていた。壁一面の棚にはメラニーがあまり目にしたことのない変わった道具が並べられており、そこに収まりきらなかった道具が床にまで広がっていた。反対側の壁には製作途中の魔法陣や調合材料に使う魔物の皮や剝製、鳥の羽根のようなもので織られた虹色の布など様々なものが所狭しと飾られている。

古めかしい器材や乱雑に置かれためずらしい調合材料を見ると、実家の研究工房を思い出した。スチュワート家も古くからの名家ということもあり、古い魔術道具を数多く所有していたが、ここにあるのは更に古い魔術道具のように見える。

その中でもメラニーの目を引いたのは、入り口付近の棚に綺麗に並べられた色とりどりの魔法インクだった。

「こんなに多くの種類の魔法インクがあるなんてすごいですね」

「そうだろう、そうだろう。わしの自慢のコレクションだ」

メラニーが褒めると、オーリーが嬉しそうに説明を始めた。

「行商人から買った他国の魔法インクもあれば、わしが手作りしたインクもある。ほれ、これなんかはフェズラの角と牙を配合した特別なインクでな。出来上がるまで何十年という歳月をかけた自慢の一品なんじゃ」

「わぁ、綺麗。フェズラって小竜の一種ですよね。私、初めて見ます」

キラキラとした白い粉末が混じった濃い紺色のインクにメラニーは胸を弾ませる。

魔法インクは主に魔法陣を描くときに使われるインクで、書物を書くときに使われているインクとは違い、魔力が籠った特殊なインクを指す。

市販されているインクはピンからキリまで値段も様々だが、余程のことがない限り、価格の安いものを使うのが一般的だ。最近ではわざわざ自作する魔術師は少なく、性能の良い魔法インクはかなりの高値で売買されていた。しかも、その高価な魔法インクを買い求める人間も、オーリーのような一部のコレクターくらいで、実際に魔術に活用しているという話はほとんど聞かなかった。

メラニーもつい先日クインに課題を出された時に魔法インクを自作してみたが、ここにはかなりの種類のインクが並んでおり、オーリーが自慢するのも頷けた。

「相変わらずここは貴重なコレクションだけは多いな」

「だけとはなんじゃ、クイン！」

「いいえ、クイン様の言う通りですよ。オーリーさん。折角貴重な道具や材料があっても成果がでないんじゃ意味がないですって」

「ディーノまで好き勝手なことを言いおって！」

後ろでクインたちが話をしているのを聞きながら、メラニーは壁に掛かった魔法陣の方へ足を向けた。

「これは……古代魔術で描かれた魔法陣？」

「そうだ」

「ひっ!?」

いつの間にか隣に大柄なバーリーが立っており、メラニーはビクリと飛び跳ねた。

「……バーリーさん？」

「これが何の魔法陣かわかるか？」

ぎょろりとした目に睨まれ、その視線から逃れるように魔法陣へ視線を戻す。

「えっと……、これは古代語を使った魔法陣ですよね……。ここに『束縛』を意味する単語と『捕獲』の単語があるし……えっと、このスペルは『繋がり』……じゃない、『鎖』かしら？　だから……えっと、何かを捕まえて拘束する魔法陣……ですかね？」

隣からの威圧感にビクビクしながらメラニーが答えると、唖然とした様子でバーリーが呟いた。

「……正解だ。……もしかして古代語が読めるのか？」

「は、はい……。一応」

「素晴らしいっ！」

「きゃっ!?」

バーリーの手がメラニーの肩を叩き、その衝撃にメラニーはよろめいた。

「一発でこの魔法陣が何の魔法陣か解読するなんて、あんたは天才だなっ！」

バーリーの大声に、後ろで話をしていたオーリーたちが何事かとやってくる。

「バーリー、今のは本当か⁉　それはわしらでも解読に一年も費やした魔法陣だぞ？」

「ああ！　この子は一目でこれが拘束の魔法陣だと見抜きやがった！」

「なんと！　じゃあ、あんた、この魔法陣が発動しない理由もわかるか？」

興奮したオーリーが目をギラギラとさせ、メラニーに詰め寄った。

「え？　発動しない？」

「そうなんじゃ。こいつは古文書に記された通りに書き写したものなんだが、魔力を流してもまったく発動しなくてな。わしらも頭を抱えているんじゃよ」

「そう言われましても……」

いきなり問題を投げかけられても困ってしまう。しかし、オーリーとバーリーが熱い視線で見つめてくるので、仕方なくもう一度魔法陣に目を向けた。

「ここに描かれている魔法陣の構成は合っているように思えますけれど……。どうして発動しないのでしょう？」

メラニーがうんうんと悩んでいると、茫然としていたディーノが横から口を挟んだ。

「無理無理。オーリーさんとバーリーさんが長年考えて解決できなかった問題を一目見ただけで解けるはずないって。ちょっと古代語が読めるからって、期待しすぎじゃない？」

「古代語が読めないディーノは黙っておれ！」

「うわ、バーリーさん。その言い方は傷つくな。僕だって今、勉強中なんですよ？」

　がやがやと後ろで三人が騒ぐ中、クインがメラニーに近づいた。

「何か思いつくか？」

「クイン様。……そうですね。魔法陣自体に問題はなさそうなので、考えられるのは魔力が足りない可能性があることでしょうか」

「魔力？」

「はい。魔法陣は魔力を流して発動させるものですが、その流す魔力量が不足しているから発動しないのかもしれません。あくまで仮説ですが、現代の魔術師より昔の魔術師の方が遥かに保有している魔力量が多いと言われていますよね。古代語で描かれた魔法陣となると、やっぱり昔の人が使っていたくらい魔力を流さないといけないかなと思いまして……」

「「それだ！」」

「ひゃっ⁉」

　オーリーとバーリーが同時に叫び、メラニーはまたも飛び上がった。

「その仮説はありえるぞ、バーリー！」

「おおっ。これは試す価値があるな、オーリー！」

「二人同時に魔力を流してみるか？」

「それをやるには詠唱を完璧に合わせないといけないな。発動イメージを完璧に合わせる必要もあるし、大変じゃないか？」

「そうだな。じゃあ、高性能の魔法インクを使って魔法陣に魔力の補完を試してみるか」

「それはいい考えだ。早速、作ってみよう！」

息の合った呼吸で二人がどたばたと部屋の中を走り回るのを見て、メラニーはポカンと口を開けた。

「あの、クイン様……。私、何か余計なことをしてしまったのでしょうか？」

「いや、訊いた私にも責任がある。……君は気にしなくてよろしい」

クインはそう言ってくれたが、なんだか大騒ぎになってしまったようで申し訳ない気持ちになった。そんなメラニーに後ろから声がかかる。

「なぁ、あんた。メラニーとか言ったか？　一体何者なんだ？」

「え？」

振り向くと、ディーノが驚きの表情のままメラニーを凝視していた。

「古代文字が読める上に古代魔術まで詳しいなんて、ただの魔術師じゃないだろう？　どこの家の者だ？」

「え、あの……その……。す、スチュワート家の者です……」

「スチュワートだって!?」

「ひゃい！　そうです！」

メラニーが頷くと、なぜだかディーノの顔から血の気が引いて蒼白となっていく。

「ディーノさん？」

「スチュワート家の娘ってことは、お前、もしかして……ヘンリックやアニエスの……」

「え？　兄や妹を知っているのですか？　もしかして、魔法学校のお知り合いですか？」

まさかこんなところで兄妹の名前を出されるなんて思っていなかったので、ちょっとだけ嬉しくなった。メラニーがいそいそと訊くと、ディーノの細い目がカッと見開き、メラニーの両肩を摑んだ。

「ひっ！」

眉を吊り上げ、怖い形相で睨んでくるディーノにメラニーは堪らず悲鳴を上げる。

「……知っているも何も、魔法学校時代、あいつらには散々迷惑をかけられたんだ！」

「へ？　あの、それはどういうことですか？」

「――僕の話を聞きたいか？　なら、教えてやろう」

そう言ってディーノはメラニーから離れると、滔々と自分語りを始めた。

「自慢じゃないが僕は小さい頃から神童として育ってきたんだよ。親戚中から期待されて魔法学校へ入学したんだ。なのに、同期にヘンリックがいたせいで、座学も実技試験も全部あいつが一番で、僕は常に二番……。おかげで僕の輝かしい学校生活は散々なものになったんだ。妹のアニエスとは講義では一緒になることはなかったけれど、毎年開催される魔術大会では一度も勝てなかった。あの時のあいつの勝ち誇った顔ときたら……年下のくせに生意気だし、ちょっと優秀だからって舐めやがって……」

「なんじゃい、ただの負け惜しみじゃないか」

「全部自分が実力不足なだけじゃろ」

ディーノの話に錬成の準備をしていたオーリーとバーリーが後ろから口を挟んできた。

「オーリーさんたちはスチュワート兄妹を知らないからそんな風に言えるんですよ。それに僕は十八で宮廷魔術師試験に合格した実力を持っています！　そんな僕でも勝てなかったのはあいつらくらいなんですよ。はっきり言ってあの兄妹は化け物です！　そんな化け物みたいな天才と同学年にいる羽目になった僕の気持ちも察してください！」

悲痛な叫びを上げるディーノに、なんだか申し訳ない気分になった。

「兄たちがご迷惑をおかけしたみたいで、すみません……」

「ああ、本当にあいつらのせいで散々な学校生活だった……って。うん？　そう言えばお前の姿、学校では一度も見た記憶がないぞ。あいつらの兄妹なら一緒に通っていたはずだよな？」

「……えっと、それは、私は学校には行っていなくて」

「行ってない!?　じゃあ、魔術の勉強はどうやって？　古代語はどうやって習得した？」

「勉強は両親や叔父から基礎的なものは教わりましたが、古代語や古代魔術に関しては独学で……」

「独学だって⁉　一体どうして！」

「そ、それは……」

メラニーは目を泳がせて、呟くように口にした。

「わ、私……生まれつき、ほとんど魔力を持っていなくて……」

「魔力がない⁉　スチュワート家の娘なのにか⁉」

「──す、すみません！」

「な、なんじゃと⁉」

「今の話は本当か⁉」

これにはさすがのオーリーたちも絶句した。

「本当に魔術が使えないのか？　それじゃあ、ここの研究はどうなる！」

「そんな、困るぞ」

そう言って詰め寄るオーリーとバーリーに、クインが間に入りメラニーを庇うように前に出た。

「さっきから聞いていれば、勝手なことばかり言わないでください。メラニーは私の弟子です。困るってなんですか？　彼女はあなたたちの研究は手伝いませんよ」

「いやいや、クイン。弟子を連れてきたということは、ここに配属させるつもりで来たのだろう？」

「違います。将来を見据えて今後の参考にするために連れてきたんです。それに現時点で彼女は宮廷魔術師ではありませんので無理です」

「いやいや、古代語が読めるだけで素質は十分だろう。この際、外部の人間でも構わん」

「バーリーの言う通り！　嬢ちゃんがいれば、我らの滞っていた研究に明るい光が差し込むに違いない！」

「……落ち着いてください。先程も言ったように、メラニーは魔法を使えるだけの魔力は持ち合わせていないのです」

「そんな……。いや、でも知識だけでも大したものじゃ。是非、我らの研究室に！」

「あのですね……」

めげずに勧誘してくる老人たちに、メラニーはおろおろとし、クインはうんざりと天井を仰ぐのであった。


「メラニー、絶対にここから動くなよ」

「は、はい！」

クインは少し仕事の打ち合わせがあると言うので、メラニーは一人、建物の前で待つことになった。

あの後、勧誘を続けようとするオーリーたちを振り切り、逃げるようにして見学を終えたのだが、なんだかどっと疲れてしまった。

「宮廷魔術師のお仕事か……」

宮廷魔術師を目指さないかとクインから言われたときは、そんな眩しい道が自分にもあるのかと喜んだけれど、こうして職場見学をしてみて、自分には程遠い世界だと実感させられてしまった。

ここには本当に優れた魔術師たちが在籍し、日々切磋琢磨して魔術の研究に勤しんでいる。オーリーたちは勧誘してくれたが、しかし大抵の魔術の研究には魔法を使うことが不可欠だ。そう考えると、魔力がほとんどない自分には宮廷魔術師なんて到底無理だろう。

そして、こんな落ちこぼれの自分がクインの弟子であり続けることがクインにとって迷惑にならないかと不安になった。

今日一日で、ディーノを始め周りの魔術師たちにとってクインがどれだけ憧れの存在なのか身をもって知ってしまったからだ。

（やっぱり私なんかがクイン様に弟子入りなんておこがましいのかしら……）

そんな風に一人落ち込んでいると、不意に声がかかった。

「あら、そこにいるのって……。もしかして、メラニー？」

「……エミリア？」

よく知った艶かしい声色に、ゾッと血の気が引いていく。

「うふ。久しぶりね」

カツカツとヒールを鳴らしながら歩いてくるのは、かつて親友のはずだったエミリアだった。

赤毛の巻き髪を下ろし、濃い赤のワンピースを着た彼女は、相変わらず自信に満ちた表情を浮かべていた。

「……どうして、エミリアがこんなところに？」

喉の奥が張り付くような緊張に、声が震えた。

「それはこっちの台詞よ。私はね、魔術品評会の出場登録に来たの」

「魔術品評会？　エミリア、出場するの？」

「もちろん。オルセン家の嫡男と婚約した者として、実力を見せつける良い機会だもの」

（……オルセン家。正式に二人の婚約が決まったのね……）

エミリアがどうして悪びれることなく言えるのかわからなかった。

婚約という言葉に胸の奥が抉られるように傷ついたが、なぜか言い返すことができない。

どうしてジュリアンと共謀して、裏切るような真似をしたのか。本当にジュリアンに惹かれたのなら、なぜ婚約破棄の話をする前に一言言ってくれなかったのか。——友達だと思っていたのは私だけだったのか。彼女に言いたいことは山のようにあった。けれど、その一つも口にすることができなかった。

そんな自分を情けなく思っていると、エミリアは宣戦布告のように嘲笑った。

「相変わらず、暗い子ね。まぁ、いいわ。品評会の場でスチュワート家のあなたより私の方がよっぽどジュリアンに相応しいことを証明してあげるわ」

「……エミリア」

メラニーが戸惑いの表情を見せると、エミリアはフンと鼻を鳴らす。

「それより、話を逸らさないでくれる？　あなたみたいな魔術の才能のない人間がどうして、この宮廷魔術師の研究施設の前にいるのかしら？」

「わ、私は……クイン様と」

クインの名を出した途端、エミリアの眉がピクリと上がった。

「――ああ。噂は本当だったのね。あの、クイン・ブランシェット様と婚約したとか。ジュリアンに婚約破棄されたばかりなのに、すぐに次の相手を見つけるなんて、さすがスチュワート家の愛娘ね。名家の力ってすごいわね。……それとも、役に立たないから体よく追い出されたのかしら？　それにしても、ジュリアンの次はクイン様？　次から次へ不相応な相手を選ぶのね。まるで寄生虫のようだわ」

エミリアはクスクスと嗤ってメラニーを侮辱する。

「ひどい……」

「ひどい？　私は事実を言っているだけよ。碌に魔力も持たないあなたがクイン様の隣に立つ資格はあるって言うの？」

「――っ！」

それはついさっきまでメラニーが考えていたことだった。自分の心の内を言い当てられ、メラニーは俯いた。せめて泣くものかと思うが、無情にも涙が目から溢れそうだった。

しかし、その時だった。

「――わかっていないのは君の方だ」

メラニーの背後からクインの声が響いた。

「クイン様！」

本人の登場にエミリアは目を見張った。

白のローブを翻し、特徴的な長い黒髪と長身の姿はクインを知らない者でも一目見れば本人だとわかるだろう。そんなクインの姿を見て、エミリアは苦い表情を浮かべる。

「……まさか、ご本人がいるとは思わなかったわ」

「いたら何かまずいことでも？　……そもそも君はメラニーの知り合いか？」

クインが訊ねると、エミリアは気を取り直して礼を取った。

「初めまして。私はエミリア・ローレンス。もっとももうすぐオルセン家に嫁ぐ人間ですけれど」

「オルセン家？」

クインは隣に立つメラニーに視線を向けた。

「なるほど。君がメラニーから婚約者を奪った令嬢か」

「奪っただなんて人聞きの悪い。元々、その子が公爵家の婚約者として相応しくなかっただけよ」

クインの前でエミリアにいいように言われ、メラニーはぎゅっと拳を握って耐える。

（クイン様の前で言われっぱなしの自分が情けない……）

しかし彼女の言うことはもっともで、言い返すこともできなかった。

メラニーが俯いていると、隣から深い溜息が聞こえてきた。

「……そうかもな」

（やっぱりクイン様も呆れられて――？）

そんなクインの言葉にエミリアも勝ち誇ったように笑った。

しかし――。

「メラニーは公爵家には勿体無さすぎるからな」

「なっ――」

「――クイン様？」

クインの一言にエミリアはおろかメラニーまでも驚いて、顔を上げた。

「それ、どういう意味かしら？」

「そのままの意味だ」

エミリアの質問にクインは不敵に笑う。

「彼女がどれだけ素晴らしい魔術の才能を持っているのか、知らないだろう？」

「魔術の才能？　まさか、その子には魔力はないのよ？　何を言っているの？」

「魔力がなくとも彼女には古代魔術の復元という素晴らしい才能がある」

「古代魔術？」

「そうとも。メラニーは古代語が読めるからね」

「……嘘」

エミリアが大きく目を見開き、メラニーを凝視した。

「だから私は彼女を弟子に迎えたんだ。君は私がスチュワート家の娘だからメラニーと婚約したと思っているようだが、スチュワート家は関係ない。私はメラニー自身を必要としているだけだ」

きっぱりとスチュワート家の娘であることと弟子入りを切り離したクインの答えに、メラニーはクインを見つめた。

（――クイン様は私をスチュワート家の人間だからではなく、私を私として認めてくれているの？）

それは幼い時からスチュワート家の娘という重圧に苦しんできたメラニーにとって、心が救われる言葉だった。

「ここで議論していても時間の無駄だな。失礼する。メラニー、行くぞ」

「は、はい……」

クインに肩を押され、メラニーは呆然と立ち尽くすエミリアの横を通り過ぎた。

「今日は色々あって疲れただろう。ゆっくり休むといい」

屋敷に戻るとクインにそう言われ、メラニーは早めに休むことにした。

ベッドに潜り、見学で歩き回った体を休めようとするが、目が冴えてとてもじゃないが眠れる気がしなかった。

頭の中でエミリアに対しクインが言い放った言葉を反芻する。

（クイン様は私をスチュワート家の娘じゃなく、一人の人間として見てくれていた）

あの言葉を思い出すだけで胸の奥が熱くなった。

もしかしたら、自分を庇っただけの言葉かもしれない。けれど、今までたくさんの人間に揶揄されてきたメラニーにとって、それがどれほど勇気をくれる言葉だったか。

（嬉しい。どうしよう。こんなに嬉しいことはないわ）

気づけば、瞳から涙が零れていた。

思い起こせば、クインは初めからメラニーに優しかった。魔法学校で出会ったあの時だって、廊下でぶつかったのはメラニーの方なのに、怒りもせず論文を拾うのを助けてくれた。弟子入りしてからも、右も左もわからないメラニーに丁寧に指導してくれたし、いつだって、メラニーのことを大事に考えてくれていた。

そんな風に扱われて、心が惹かれないわけがない。

いつの間にかクインに強く惹かれている自分にメラニーは気づいていた。

こんな風に誰かを想うなんて初めてのことだ。婚約者だったジュリアンにも抱いたことのない気持ちに、これが『恋』と呼ばれるものなのか、まだわからない。ただ、クインに対し、これからもずっと傍にいたいという気持ちだけは強くなっていた。

そしてできることなら、クインに相応しいと言われる人間になりたいと思った。

（変わりたい。もっと自分に自信を持って、クイン様の隣に立ちたい）

この時、メラニーの中に強い意志が生まれた。

けれど、どうすればこんな自分を変えていけるか、すぐには思いつかなかった。

「……そうだ。魔術品評会」

　クインから提案されたときは自分にはとてもじゃないが無理だと思って断った。けれど、あそこに出ることができれば、少しは周りからも認められるかもしれない。エミリアも言っていた。魔術品評会に出て、オルセン家の婚約者として相応しいと周りに認めさせると。

（ならば、私も――）


　翌日。

「クイン様。私、魔術品評会に出場したいと思います」

「……急にどうした」

　決意を新たにしたメラニーにクインは驚いた表情を見せた。

「……だめでしょうか」

　おずおずと訊ねると、クインは緩く首を横に振った。

「いや、構わない。寧ろ、やる気になってくれたようで嬉しいよ。私も応援しよう」

「はいっ！　よろしくお願いします」


　こうして、メラニーの魔術品評会出場に向けて準備が始まった。

　まずは品評会で披露する魔術について考えるところからだ。

「どのような魔術が良いのでしょうか？」

　屋敷の工房で古文書などを広げながら、メラニーはクインに訊ねた。

「基本的に広い会場で披露するものだから、見栄えの良い派手な魔術がいいとされるな。そうでなくてはいけないというわけではないが、あまり地味な魔術だと観客受けが悪い」

　クインの話では参加者の多くは攻撃魔法に関連した魔術を披露するようだった。しかし、魔法学校にも通っていないメラニーには魔物相手の魔術というのはいまいちピンとこない。

　自分にできることと言えば回復薬などの調合や魔法陣を作ることくらいのものだ。派手さで言うならば魔法陣の方が見栄えはいいが、しかしその場合も魔力を流して発動させなければならず、魔力のないメラニーには無理な話だった。

「例えば私が魔法陣を作って、クイン様がそれを披露するという形ではだめですか？」

「それでは君ではなく私が作った物だと言われかねないだろう？」

「それもそうですね……」

　そうなると、披露できるものはかなり限られてくる。

「魔力を使わずに披露できるものって何があるでしょうか？」

「そうだな。攻撃魔法に似た効果のある道具とかはどうだ？　催眠ガスが入った道具や痺れ薬といったものは魔物討伐の際にもよく使われるからな。古代魔術にも似たようなものがあればそれを作ってみるのもいい」

「なるほど。そう考えると色々ありそうですね」

「ああ。では、その辺りに狙いを絞って候補を出していくか」

「はい」


こうして数日、クインと一緒に古文書から候補を探していたのだが、生憎またしてもクインに長期の遠征の仕事が入ることになってしまった。

さすがにクイン不在のままメラニー一人で品評会の研究を進めるのは難しく、クインは代案を考えることにした。

それは例の古代魔術研究室でオーリーたちの力を借りるということだった。

それと言うのも、どうしてもメラニーを研究室に勧誘したいオーリーとバーリーが、あの後もクインにしつこく付きまとっていたようで、どうせなら彼らを利用しようと考えたらしい。

結果的に、しつこい二人の勧誘にクインが根負けした形となったが、その代わりとしてメラニーの研究を彼らが手伝うのみという条件をつけた。初めはその条件に文句を言っていたオーリーたちだったが、最終的にはその条件を受け入れた。そうまでして研究室に誘いたかったようだ。

　そういうわけで、メラニーはいつものクリーム色のローブを纏い、古代魔術研究室へお邪魔することになったのであった。

　歓迎するオーリーとバーリーとは対照的にふくれっ面で出迎えたのはディーノである。

「はぁ、折角クイン様と一緒に研究できるかと思ったのに。来たのは弟子だけかよ」

「すみません……」

「これ、ディーノ！　お前は古代語を読めるようになってから文句を言え！」

「痛っ。杖で叩かないでくださいよ。オーリーさん。ちぇっ。まぁいいか。あんたを介してクイン様とお近づきになれるチャンスかもしれないし。よろしくな、メラニー」

「は、はい。よろしくお願いします。ディーノさん」

「これでお前さんが俺たちの研究を手伝ってくれたら言うことないんだが……」

「そ、それはクイン様から禁止されておりますので……。ごめんなさい、バーリーさん」

　魔術品評会の研究以外、この研究室の手伝いをすることはクインから固く禁止されていた。そもそも宮廷魔術師でないメラニーがここに通うこと自体あまり良くないことであるから仕方がない。

　しかし、よほどメラニーの協力が欲しいのか、オーリーは渋った。

「そこは嬢ちゃんが黙っていてくれたら、問題なかろう」

「いや、長年進んでいない古文書の解析ができたら一発でバレますって」

すかさずディーノが前に出て突っ込んだ。

「ぐぬぬ」

「すみません。一方的にお邪魔する形になって。皆さんにはご迷惑をおかけします」

「そこまで謝る必要はない。あんたの研究も古代魔術を使ったものなんだろう？」

「おお、そうじゃ。その調合を間近で見られるのなら、文句は言わん」

バーリーとオーリーにそう言われ、メラニーはホッと胸を撫で下ろした。初めはクインがいない中、あまり知らない人たちと一緒にいることが不安だったが、思ったより受け入れてもらっていることに安堵した。

「ありがとうございます」

メラニーがお礼を述べると、気を取り直してディーノが訊いた。

「それで？　魔術品評会に何を出すつもりなんだ？」

「えっと、ご存じの通り、私は魔力がほとんどないため、攻撃魔法のような発動型の魔法は使えませんので、魔法道具を調合して披露しようかと思っています」

「まぁ、それは妥当だな」

「はい。それで、こういったものを作ろうと思うのですが」

メラニーが持参した古文書を広げると三人は興味深そうに中を覗いた。

「これ、何が書いてあるんだ？」

一人古代語が全く読めないディーノが訊ねた。

「えっと、魔物を捕らえるための拘束具です」

それはこの間、ここで見た魔法陣から着想を得たものだった。似たような道具がないかと思い、古い文献を探したら似たような効果を持った調合品が見つかったのだ。

「ほほう。面白いものを探し出したな。これはわしらも初めて見るわい。して、材料は？」

「えっと、これがリストです」

メラニーは材料のリストを書いた紙を三人に見せた。

すると、三人は揃って渋い表情を浮かべた。

「……おい。たかが品評会にいくらかける気だ」

「え？」

ディーノの台詞にメラニーはきょとんと首を傾げる。

「材料費だけでも国が傾くぞ」

どうやら、メラニーの現代魔術の知識はまだおぼつかないようであった。

「だめ、ですか……」

がっくりと肩を落とすメラニーに三人は呆れた目線を向ける。

「もう一度、クインと相談した方がいいのではないか？」

「でも、クイン様はお仕事の準備でお忙しそうで……」

「なんじゃ、また遠征か？」

「ああ、品評会で使う魔物の狩りですよ」

　答えたのはディーノだった。どうやら彼はクインのスケジュールを把握しているらしい。

「ほう。どこまで行く予定なんだ？」

「タイレス火山一帯で狩りをするらしいですよ」

　タイレス火山一帯と言ったら、凶暴な魔物が数多く根城にしていて、一般人は近寄れないことで有名な場所だ。

　クインからは詳しい遠征の場所まで聞いていなかったので、そんな危険な場所に赴くと聞いて、メラニーの顔から血の気が引いていく。

「それって危険なんじゃ……」

「まぁ、クインなら大丈夫だろう」

「そうそう。クイン様だもの」

「そうだな」

「えっ？　えっ？」

　宮廷魔術師の三人が当たり前のように頷くのに対し、メラニーは戸惑ってしまう。

(皆はクイン様なら大丈夫って言うけれど、本当にそうなのかしら。確かに何度も国外の魔物退治に向かわれているとは聞いているけれど。でも、心配だわ。万が一、クイン様がお怪我でもされたら……）

一人、心配になったメラニーは悶々と考えを巡らせた。こんな時、何か自分にできることでもあれば……。そう考えたメラニーの脳裏に一つの案が浮かんだ。

「——そうだ！　御守り！」

メラニーは立ち上がって、持参した古文書のページをペラペラと捲っていく。

「な、何だよ、急に」

「あった！　ディーノさん。私、御守りを作ります！」

「御守り？」

「はい。これ、見てください」

「いや、だから、僕は読めないんだって。嫌味かよ！」

「どれどれ、貸してみい。……ほう。これは身につけている者を攻撃から庇うものか」

「材料はなんじゃ？」

「えっと、マチウスの芽とプルクラの実、そしてアルゴンゾルラの岩石ですね」

その内の最初の二つは現在ではあまり見かけない品種なので、メラニーは古文書を見ながら代用品を考える。

「成分から見るにマチウスの芽は同じ作用のあるヤナドリの葉で代用できるし、プルクラの実の代わりにルラの樹木片でいけそうに思えます……。どうでしょう？」

「……ルラの樹木片はちょっと高いけど、まぁ、それなら比較的安価に作れるか」

材料を聞いたディーノがおおよその金額を試算して答える。

「まずは作ってみんとわからんが、いいんじゃないか？」

「そうと決まれば、早速作ってみるか」

オーリーとバーリーも賛同し、メラニーは元気よく頷いた。

「はい！　よろしくお願いします」


しかし、意気込んで調合に取りかかったものの、思いの外、調合は難航した。

代用した材料が悪いのか、調合のやり方が合っていないのか、簡単には完成せず、毎日のように古代魔術研究室に通う日々が続いていた。このままでは、完成する前にクインが遠征に出かけてしまうと焦るが、だからと言ってすぐにできるものでもない。

そんなある日のこと、メラニーの叔父であるダリウスがクインの屋敷を訪ねてくることとなった。

スランプ気味だったメラニーは気分転換も兼ねて、その日は古代魔術研究室に行くのは止めてクインの屋敷でダリウスを出迎えた。

「叔父様、お久しぶりです」

「やぁ、メラニー。元気だったかい？」

久しぶりに会うダリウスはニコニコとメラニーに笑顔を向けた。

「はい。急にいらっしゃると聞いて、びっくりしました。どうなさったのですか？」

「なに、君が上手くやっているか、様子を見にね。その様子だとここに馴染めているようだ」

「はい。お屋敷の皆さんにはとても良くしていただいています」

「クイン君とはどうだい？」

「はい。クイン様にも本当に色々なことを教わっています。クイン様の工房は本当に素晴らしくて。それに実は今、クイン様の職場の方にもお邪魔させてもらっているんです」

「ほう！」

引っ込み思案で他人と積極的に関わろうとしてこなかったメラニーが楽しそうに話すのを聞いてダリウスは頬をほころばせた。

「ははは。楽しそうにやっているようじゃないか」

声を上げて笑うダリウスに見つめられ、メラニーは夢中になって話しすぎたと気づき、顔を赤くした。

「わ、私ったら……」

「いやいや、メラニーが元気でいると知って嬉しいよ。これで、私も少しは安心できる」

ホッとしたような表情を見せて、ダリウスはテーブルのカップに手を伸ばした。

「そう言えば、クイン君は仕事かね？」

「はい。今度の魔術品評会に使う魔物の狩りの準備で忙しいようで……。叔父様が来られると聞いて、お話しされたかったようなんですけど」

「ああ。もうそんな時期か。今回は魔法学校を代表して、私も審査員として参加する予定になっているよ。そう言えば、メラニー。君も品評会に出場するって本当かい？」

「はい。少しでも実績が欲しくて……」

さっきまでの明るい表情から一転、メラニーは顔を曇らせた。

「何かあったのかい？」

「私、少しでもクイン様に相応しくありたいんです」

メラニーは魔術品評会に出ようと思った経緯について、ダリウスに簡単に説明した。

「ほう。君も変わったな」

話を聞いて、ダリウスは柔らかな笑みを浮かべて言った。それはどこか安堵しているかのような表情だった。

「え？　そうですか？」

自分では変わったという自覚はなかったので、そんな風に言われると驚いてしまう。

「恋をすると女性は変わるというが、君もそうみたいだな」

「恋⁉　……お、叔父様！　何をっ⁉」

思わず顔を赤くするメラニーに、ダリウスはうんうんと頷きながら、笑みを見せる。

「君たちが仲睦まじくやっているようで、少し安心したよ。クイン君のことだから上辺だけの婚約者をやっていると思ったからね」

ギクリ。

ダリウスの指摘は見事に当たっていて、仮初の婚約をしているメラニーは動揺した。

しかし、それ以上にダリウスの言い方も気になった。

「あの、クイン様のことだからって、どういう意味ですか？」

「あの子とは長い付き合いになるからね。彼が何を考えているのか、だいたいわかるさ」

クインがダリウスの教え子というのは知っているが、そう言えば、詳しい話は知らないことにメラニーは気づく。

「……あの、叔父様。ご迷惑でなければ、クイン様のこと、教えてもらえませんか？」

それは少しでもクインのことを知りたいと思う気持ちだった。

そんなメラニーの熱い視線を受け、ダリウスは口元を緩めて頷いた。

「そうだね。少しだけ、彼のことを話そうか」

「……クイン様は叔父様の生徒だったのですよね。やはり、当時から優秀だったのですか？」

「ああ、それはもう。神童と言われていたからね。君の兄妹もそうだったように、彼も早くからその才能を見込まれて魔法学校に入学した子さ。確か、入学したのは六歳だったかな。それから宮廷魔術師試験に合格する十五歳くらいまで通っていたよ」

「六歳⁉」

魔法学校は特に年齢制限は設けておらず、子どもから大人まで在学することのできる機関である。しかし、六歳で入学というのは早すぎる。メラニーの兄や妹でさえも十歳で入学したというのに、余程才能を見込まれた子どもだったのだろう。

「クイン君の出身は王都から離れた田舎でね。親元を離れて一人王都にやってきたんだ。それでいて周りは自分より年上の生徒ばかりだろう？　最初は中々馴染めなかったようでね。それでも才能だけは人より抜きん出ていたものだから、よく妬みの対象になっていたんだよ。陰ではイジメられることも多かったみたいだね。そのせいで他人から距離を取り、益々魔術の勉強にのめり込むようになった。心を閉ざし、他人を遮断し、いつも一人で教室の隅で研究をしている。……まるで誰かさんのようだと思わないかい？」

「…………」

ダリウスが誰を指したか、言われなくともすぐにわかった。

メラニーは幼いクインの姿を想像しようとする。

才能溢れるクインとは生い立ちも立場も違う。けれど、一人誰とも打ち解けることなく、孤独に生きる姿は自分と重なるものがあった。きっと幼いときから数えきれないほど苦労をしてきたはずだ。

そんな小さなクインのことを考えると胸の奥がぎゅっと苦しくなった。

「それは大人になった今でもそう変わっていなくてね。まぁ、大人の世界で揉まれて、多少は人と交流することも覚えたようだが、独りよがりなところはそう変わっていないみたいだね。だから、クイン君が君を弟子に取りたいと言った時は本当に驚いたよ。人がどんなに勧めても弟子を取ろうとはしなかったからね。それだけ君が特別だったというわけだ」

「……」

「婚約を勧めたのも、少しは彼にとって君が心を許せる存在になればと思ったからなんだ。もちろん、君にとってもね」

「叔父様……」

「だからね、メラニー。君さえよければ、このままどうか彼を支えてあげてくれないかな」

ダリウスの言葉にメラニーは素直に頷くことはできなかった。

支えるどころか、現状は迷惑しかかけていない状態だ。魔術師としても未熟で、婚約者としても求められていない自分が、どうやって彼を支えることなんてできようか。

表情を曇らせたまま黙り込むメラニーにダリウスは小さく息を吐いた。

「まぁ、そこまで深刻に考えなくていいさ。今は君にできることだけしていればいい。それが、たぶんクイン君にとっても助けになると私は思うよ」

　そう言って、ダリウスは重い空気を打破するように、わざと明るい声を出して話題を変えた。

「そうそう。メラニーに一つ頼みたいことがあったんだ」

「何でしょう？」

　メラニーが小首を傾げると、ダリウスは荷物の中から一冊の本を取り出した。

「姉さんたちから頼まれていてね」

「これは家の？」

「そうだ。スチュワート家に伝わる古文書だ。これに書かれている内容で知りたいことがあるそうだ。それでメラニーに解読して欲しいそうなのだが、頼まれてくれるかい？」

「ええ。もちろん。家の役に立てるのなら、何でもします」

「そうか。良かった。そこまで急がなくていいからね。研究の合間にでも読んでくれ」

「はい」

ダリウスが訪ねてきた日から数日後、試行錯誤の末になんとか御守りは完成した。

それは庇護の効力を持った小さな玉だった。

「試作品だけど、間に合って良かった」

クインが遠征に向かう前に渡したかったので、ギリギリ満足のいくものができて良かった。

早速、できたばかりの御守りを持って、メラニーはクインのもとへと向かっていた。

宮廷魔術師の中でも魔術師団と呼ばれる遠征部隊を指揮する立場にあるクインは、研究施設内に個室を与えられており、普段はそこで仕事をすることが多い。この日も、クインから今日はそこで書類仕事をしていると告げられていたので、メラニーはディーノから場所を聞き一人で向かっていた。

クインの部屋に辿りつきノックをすると、中から返事が聞こえた。

「どうぞ」

「失礼します。……あれ？」

ドアを開けるとなぜかそこにはクインの姿はなく、代わりに中央の応接用のソファにゆったりとくつろいだ貴族姿の青年がいた。

（……え、誰？）

見知らぬ金髪の男に驚いて固まっていると、その青年は人好きのする笑顔をメラニーに向けた。

「君、ひょっとしてクインの婚約者さんかな？　確か、メラニーさん？」

「え、はい……。そう、ですけれど……」

「やはりそうか！　初めまして。私はケビン。クインの友人さ」

「クイン様の!?」

先日ダリウスからクインにはあまり親しい間柄の人間はいないと聞いたばかりだったので、友人と聞いて思わず大きな声を出してしまった。

するとケビンは可笑しかったのか、大きな口を開けて笑い声を上げた。

「ははは。あの男に友人がいるのが意外だったかい？」

「い、いえ、その……」

「生憎、クインは副団長に呼ばれて席を外しているが直に戻る。それまでここで待っているといい」

「え？　あ、えっと……」

初対面の男性と二人きりになるのは抵抗があったが、クインの友人の申し出を断るのも失礼かと思い、言われるまま、テーブルを挟んだ向かい側のソファに腰掛けた。

　彼の整った身なりや真っ直ぐに座った綺麗な姿勢を見る限り、かなり高貴な方のような気がするが、屈託のない笑顔が妙に親しみを感じさせるような不思議な男性だった。青い瞳の目尻に皺を寄せてニコニコとこちらを見つめてくるので、なんだか落ち着かない気分になる。

「クインから話は聞いているよ。あの男がまさか君のような可愛らしい子を婚約者にするとはね。今、一緒に屋敷に住んでいるんだよね。どうだい？　クインとの生活は？」

「え？　それはその……」

　不躾な質問に、どう答えていいか迷っているとケビンはクスクスと笑った。

「ふふ。意地悪な質問だったね。実はクインから婚約が君の弟子入りの条件だったと聞いているよ」

「え？」

「初めに聞いたときは驚いたものさ。まさか、そこまでして弟子に取りたい人間がいるとは信じられなかったからね。……なんでも古代語が読める上に、古代魔術を現代に復元させることができるとか。すごい才能だね」

　そんなことまで話しているということに驚き、メラニーはパチパチと目を瞬かせる。どうやら相当クインとは親しい間柄のようだった。

「……それで、君の方はクインをどう思っているのかな？」

ケビンの青い瞳がじっとメラニーを見据えて訊いた。その顔は笑みを浮かべていたが、なぜか目が笑っていないように感じ、背筋がぞくりとした。

「わ、私は……クイン様に弟子にしてもらって、本当にありがたく思っています……。クイン様は未熟な私にも優しく接してくださいますし。……だから、その、私もクイン様の弟子に恥じない魔術師になりたいと思っています」

しどろもどろになりながらもなんとか答えると、ケビンはフッと力を抜き、元の屈託のない笑みに戻して謝った。

「ごめん、ごめん。脅すつもりではなかったんだ。ただ親友として少し気になっていたからね。でもどうやらそれは杞憂だったらしい。あいつが人に優しくしているのも驚きだが、君の方もあいつを受け入れてくれているようで嬉しいよ」

(なんだか叔父様と同じことを言っているわ。……この人もクイン様を心配なさっているのかしら？)

「あの。それはクイン様を心配していた、という意味ですか？」

メラニーが訊き返すと、ケビンは困ったように微笑んだ。

「まぁ、そうだね。あいつはさ、本当に困ったやつなんだ。なまじ天才であるが故に他人を頼らず、孤高を持する男でね。性格も頑固で真面目だから上から命令されたことをそのまま遂行してしまうようなやつなんだよ。今回の遠征だってそうだ。本来ならもっと人員を投入して行うものだが、上に言われたまま、最低限の人数でやろうとしている。いくら自分が強いからといって、何かあったらどうするつもりなのか、いつも言っても聞きやしない。まったく、馬鹿な男だよ。あいつが文句を言わないことを良いことに、上層部の連中もクインばかりに仕事を押し付けようとするし、困ったものだ。だから、君のようにあいつを心配してくれる存在がいて、私も少しは安心できるってわけさ」

それはメラニーが初めて耳にする王宮の内部の話だった。こんなことを知っているなんて、何者なのだろうかと思ったが、それ以上に本当にクインを大事に思っていることがわかり、なんだか嬉しくなった。

少なくともクインにはケビンやダリウスのように気にかけてくれる存在がいる。それはクインが一人ではないということだ。

「私も、クイン様にケビン様のようなご友人がいると知って安心しました」

「……君は優しい子だね。……ところで、その手に持っているものはなんだい？」

ケビンがメラニーの手元を見て訊ねる。

「え、あ、これはクイン様にと思って。えっと、御守りです」

「御守り？　見てもいいかい？」

「ええ。いいですよ」

袋を広げ、中に入れていた小さな玉を取り出してケビンに見せる。

「これは？」

「えっと、一度だけですが、持ち主の身を護ることができる庇護の玉です」

「これも古代魔術の製法で作ったものかい？」

「はい。でも、当時と同じ材料は高価すぎて、材料を変えて作ったものですので、本来のレシピよりもずっと効力は弱いですが」

「へぇ」

「もしかしたら、クイン様には必要のないものかもしれませんが、今回の遠征はタイレス火山一帯に行くと聞いて、何か私にできることはないかと思って……」

「……」

じっとケビンに見つめられていることに気づき、メラニーは慌てて目を伏せる。

「おこがましかったでしょうか……」

「いや。クインも喜ぶと思うよ」

「そう、でしょうか？」

メラニーが顔を上げると、ケビンは優しい笑みを浮かべ、安心させるように頷いた。

「ああ。仏頂面のクインも少しは嬉しそうにするだろうよ。……本当、君のような子があいつの傍にいて良かった」

ケビンがそう言った時、部屋のドアがノックされ、当のクイン本人が顔を出した。そして部屋の中にいるメラニーとケビンの姿を見て、怪訝そうに眉を顰める。

「なぜ、メラニーがここに？　ケビン、彼女と何をしていた」

「ただおしゃべりをしていただけだよ。お前の婚約者はいい子だね」

「……変なことを吹き込んでいないだろうな」

「さぁ、どうだろうね。婚約者さんに訊いてみれば？　ね、メラニーさん」

「え？」

いきなり矛先を向けられ、メラニーは戸惑うしかない。

埒が明かないと判断したのか、クインは深い溜息を吐くと頭を掻いてケビンに言った。

「王子の癖にいつまでもこんなところで油を売って。今頃側仕えが捜しているぞ」

「え？　王子……？」

クインが口にした言葉にメラニーはぎょっと目を剝いた。

「ああ。こう見えてもこいつはこの国の第一王子だ」

「ええっ!?」

「こう見えてもって、失礼だな」

この目の前の気さくな青年が王子だと聞いて、メラニーの顔から血の気が引いた。

（まさか、クイン様のご友人が王子様だなんて……。私、何か失礼なことを言わなかったかしら?)

「さて、楽しいおしゃべりも満喫したし、側仕えに見つかる前に帰るか。それではメラニーさん、またどこかで」

メラニーが顔色を青くしている間に、ケビン王子はさっさと部屋を出て行ってしまった。

「……あっ」

部屋に残されたメラニーは眉間に皺を寄せて憮然としたクインと二人きりとなる。

「あいつと何を話していたんだ? 何か変なことを言われていないだろうな」

クインがまるで尋問するかのようにメラニーに迫った。

「いえ、えっと、本当に世間話を少しだけ」

「それにしては随分と打ち解けていたように見えたが……」

クインの表情が険しくなったのを見て、メラニーは内心悲鳴を上げた。なぜだかわからないがクインの顔が怖い。

不穏な空気を感じたメラニーは慌てて話題を逸らすことにした。

「そんなことよりクイン様。私、クイン様に差し上げたいものがあるんです」

メラニーは例の玉が入った袋を手に取ると、クインへと差し出した。

「これは?」

「あ、あの、庇護の効果を持った御守りです」

「ああ、品評会に出すものだな。もうできたのか」

「えっと、まだ試作品なんですけど、ようやく一つ形になって。それで、これをクイン様に」

「私に？」

クインの目が驚いたように見開かれる。

「あ、あの！　クイン様の実力を疑っているとか、そんなことはなくて！　ただ、万が一の万が一に何かあったときのために、あの……、クイン様がご無事に帰って来ますようにと……」

説明しながら、顔が熱くなりそうだった。

さっきのケビン王子との会話ではないが、迷惑だと思われないといいが。

「……」

しばらく経ってもクインからの反応がないことに気づいたメラニーはチラリと顔を上げる。すると、クインは口元を手で隠したまま、なにやら固まっていた。

「……クイン様？」

メラニーが首を傾げると、クインは戸惑った表情で言った。

「いや、人から何か心配されるなんて、久しぶりだなと思って……」

よく見れば、クインの耳が僅かに赤くなっていた。

そんな思いがけない反応につられてこっちまで顔が赤くなるようだ。

「よ、よかったです……」

「ああ。ありがとう。メラニー」

「――っ！」

クインの優しい笑顔に目を奪われ、メラニーの胸がドキリと脈打った。

メラニーはドキドキとする胸を押さえ、クインを見上げて言う。

「あ、あの、お仕事頑張ってください。わ、私も、クイン様の隣にいても恥ずかしくないように、品評会頑張りますから！」

「ああ。君なら絶対大丈夫だ」

クインが微笑み、メラニーを元気付けるかのように頷いた。その応援がメラニーの心の中に染み入っていくようだった。

こうして、数日後には魔物狩りの準備を終えたクインはメラニーの作った御守りを持って、遠征へと旅立って行った。

第四章　陥れられたメラニー

クインが遠征に出かけてしばらくの日数が経過した。

この日はクインの屋敷の工房で調合作業をしていたメラニーだったが、少し根を詰めていたせいか、疲れを覚えて腕を枕にして机に凭れかかった体勢で仮眠を取っていた。

ほんの少しだけ眠るつもりだったのだが、気づけば窓の外はすっかり暗くなっており、月明かりが部屋の中に差し込んでいた。そろそろ屋敷に戻らねばと思ったが動くのが億劫に感じ、しばらくそのままの体勢で微睡んでいると、不意に戸口から人の気配を感じた。

屋敷のメイドが迎えに来たのかと思ったが、メイドならば一言声をかけるはずだ。不思議に思って、視線だけを戸口に向けると、そこにクインの姿があった。

いつの間にかクインが帰ってきていることに驚いたが、彼の姿は宮廷魔術師の制服のままで着替えておらず、メラニーは自分がまだ夢を見ているのだと思った。

「クインさま……おかえりなさい」

むにゃむにゃと不明瞭な声で呼びかければ、クインは優しい眼差しで笑った。

ぼんやりとその姿を眺めていると、クインがゆっくりと近づき、メラニーの隣に立つ。

そして、メラニーの顔に掛かった髪を優しく指で払うと、目を細めて微笑みかけてくる。

「ただいま。メラニー」

(ああ、やっぱりこれは夢ね。私がクイン様に会いたいと思っていたから夢の中に出てきたんだわ)

「クイン様。私、クイン様に会えなくてすごく寂しかったです」

「……メラニー?」

夢ならば、少しくらい大胆なことを言ってもいいと思い、口から自分でも驚くほど素直な言葉が出た。

「クイン様は、どうですか?」

「私か? ……ああ。そうだな。私も早く君に会いたいと思っていたよ」

一瞬、面食らった顔をしたクインだったが、困ったように目尻を和らげ、吐露するようにクインは言った。

その優しい眼差しに、胸がドキドキとしたが同時にほんわかとした温かさを感じた。

(ふふ。なんて都合の良い夢かしら。夢の中だけど幸せだわ)

「本当ですか? 嬉しいです。でも、きっと私の方が何倍も会いたかった気持ちは大きいですよ?」

そう言い返すと、クインが少し驚いたように目を見開いたが、すぐにまた優しい微笑みに戻った。

「今日はいつになく大胆だな。そんな風に言われると困ってしまうのだが？」

クインの長い指がまるで大事なものに触れるようにそっとメラニーの頬に触れた。

「……迷惑ですか？」

訊ねると、クインがメラニーの頬を優しく撫でながら、首を横に振った。

「いや、そうではなく、君の扱いに関してどうしたものかと。……仮初の婚約でいいと言ったのは私だが、今ではその言葉を後悔しているんだ」

「後悔？」

「ああ。君のことを大切に思う気持ちが大きくなっている」

「大切……」

「そうだ」

「……そうですか。うふふ。私たち同じ気持ちなんですね……。よかったぁ」

安心したせいだろうか、もっと話をしていたいのに瞼が重くなってきた。

「……クイン様、私……クイン様のこと……」

「…………メラニー？」

「すぅ……」

「眠ってしまったか」

残念そうに言うクインの声が聞こえたような気がしたが、メラニーはそのまま眠りの世界へと落ちていった。


翌朝。メイドに起こされ、目を覚ましたメラニーはいつの間にか自室のベッドに戻っていたことに気づいた。

しかし、昨日は研究室で仮眠を取った後、屋敷に戻った記憶がない。

不審に思ってメイドに訊くと、昨夜遅くにクインが帰ってきて研究室で眠ってしまったメラニーをここまで運んだのだと説明された。

それを聞いた途端、メラニーの全身からぶわりと汗が吹き出た。

(もしかして昨日のあれって夢じゃなかったの？ ——きゃぁぁぁぁっ！ 私なんてことを!? でもでも、クイン様があんなこと言うはずないし、やっぱり夢？ え？ どっち!? その上、クイン様に運ばれても気づかずにずっと寝ていたなんて、恥ずかしいっ！)

頭の中がパニック状態になったメラニーはあわあわとメイドに訊ねた。

「く、クイン様は今、どちらに!?」

「工房の方へ行かれていますよ」

メイドから行き先を聞くと、メラニーは急いで支度をして、工房のクインの部屋へと向かったのだった。

メラニーは心臓が飛び出しそうになるのを抑えながら、覚悟を決めてクインの研究室へ入った。

「く、クイン様。お帰りなさいませ！」

「ああ。ただいま」

昨日の夢とは違い、私服姿のクインはくつろいだ様子で椅子に座っており、手にしていた紙束から顔を上げた。その表情はいつもの澄ました顔で、メラニーはアレ？　と思った。

「あの、クイン様。昨日、私……」

「随分と研究に根を詰めていたみたいだな。ちょうど今、君の部屋に置かれていた研究論文を見せてもらっていたところだ。あと少しで読み終わるから待っていてくれないか？」

「え？　は、はい」

そう言って、クインはまた論文の続きを読み始めてしまう。

(久しぶりにお会いするけれど、いつものクイン様だわ。やっぱり昨日のは夢？)

メラニーは首を傾げ、大人しくクインが読み終わるのを待った。

「ふむ。中々よく書けている」

しばらくして、クインが顔を上げた。

「そうですか？　良かった」

「ああ。私が留守中も研究に励んでいたようだな」

目元を和らげ微笑むクインにメラニーの胸はドキンと高鳴った。どうしても昨夜のことを思い出してしまい、意識してしまう。

しかし、そんな自分とは対照的にクインはいつも通りで、昨日のことに言及する様子もない。やはり、昨日のことは夢だったのだろう。

メラニーはそう結論付けて、一先ず安心して胸を撫で下ろした。

「どうかしたか？」

「い、いえ！　……あ、あの、クイン様も魔物狩りお疲れさまでした。お怪我とかありませんか？　私の御守りは役に立ちましたでしょうか？」

「ああ。その事で、君に伝えたいことがあるんだ」

「え？」

クインは眉を顰め、言いにくそうにメラニーを見つめた。

「……君から貰った庇護の玉なんだが、役に立ったと言えば立ったのだが、ちょっと問題があってな。実は狩りの最中、魔物の不意打ちを受けてあの玉が結界を発動したんだ。私の身を守ってくれたのは良かったのだが、その結界に打ち返された攻撃が倍になって相手に跳ね返り、生け捕りにするはずだった魔物が完全に倒れてしまった」

「ええっ？」

「どうやら反発する威力が凄まじいようだ。下手をすれば周りにいた他の魔術師たちにも被害が及ぶところだった」

「――そんなっ。私が作った道具のせいで……。申し訳ありませんでした！」

「いや、そこまで気に病まなくていい。実際、私の身を守ってくれたしな」

そう言って、クインは割れた庇護の玉を見せてくれた。

紫色の丸い玉が無残にも粉々になってしまっていたが、それは役目を果たしたことを意味していた。

「古代魔術で作った道具はあまりにも威力が大きすぎるようだ」

「……実験では問題はなかったのですが」

メラニーがどんな実験をして効力を試したかを説明すると、クインは考え込むように唸った。

「……なるほど。加えられる力が大きければ大きいほど、反発する力も増すようだな。実験の時には加える力が小さかったから跳ね返る力もほとんど影響なかったのだろう」

「そうなりますと、また作り直しですよね。このままでは品評会に出すには危険ですから」

「そうなるな」

落ち込んでいると、クインはメラニーの頭をポンと叩いた。

「まだ品評会までに時間はある。私の仕事も一段落したし、手伝おう」

「は、はいっ」

不意打ちで頭に触れられたことで昨日のことを思い出し、また顔が熱くなったが、それよりもクインが手伝ってくれることが嬉しくてメラニーはドキドキする胸を押さえた。

(またクイン様と一緒に研究ができる)

メラニーが嬉しそうな様子を見せていると、クインは小さく咳払いをして話を変えた。

「ところで、今回捕まえた魔物の披露を兼ねたパーティーが城で開催されるんだが、君も参加するか?」

「え? パーティーですか?」

「ああ。魔術品評会は国を挙げての一大イベントだからな。どんな魔物が大会に出るか、貴族たちも楽しみにしているんだ。言わば開催前の事前パーティーだな。基本的に品評会に出場する魔術師たちも下見のために参加することができる。君もどんな魔物が出るか、実際に見てみるといい。場合によっては対戦で当たる魔物に関して希望を出すこともできるしな」

品評会では披露する魔術によって魔物と対戦することもある。メラニーの作っている庇護の玉も魔物相手に効果を見せる予定だ。従って、予め対戦する魔物の特徴を知っておくことは出場者にとって大きなアドバンテージとなるだろう。

「……それは、参加した方が品評会にも有利ということですよね」

「気が進まないか？」

顔を曇らせるメラニーにクインは訊ねた。

正直、人見知りのメラニーにとってパーティーなどの社交場は苦手だった。ジュリアンに振られた場所もパーティー会場だったし、それがトラウマとなっていることもあって気が進まない。

「そうですね……」

「そうか。無理強いはしないが、私は宮廷魔術師として参加が決まっていてな。一応、私たちは婚約しているわけだし、できれば一緒に出席して欲しいのだが……」

「――い、行きます！」

クインにそう言われたら、行かなければならない。パーティーは苦手だけど、クインに恥をかかせるわけにはいかなかった。

（そうよね、上辺だけの仮初の婚約者といえども、公の場ですもの。ちゃんと、婚約者として出席しなくちゃ！）

メラニーが出席を承諾すると、クインは心の底から嬉しそうに微笑んだ。

「ありがとう、メラニー。嬉しいよ」

「――っ!?」

普段は笑ってもそこまで表情を動かすことはないのに、急にそんな満面の笑みを向けられたらどうすればいいのか。

(不意打ちでそんな笑顔、ずるいです。クイン様!)

(――ううっ。人がいっぱい)

城の煌びやかなパーティー会場の入り口で、メラニーは人の多さに尻込みをしていた。

「メラニー。大丈夫か?」

「ふぇ!? は、はひっ!」

「……そんなに緊張しなくていいから」

「は、はい……」

久しぶりの社交場ということもそうだが、緊張しているのにはもう一つ理由があった。

(だって、クイン様がカッコイイから)

メラニーは隣で苦笑するクインをチラリと見上げる。

今日のクインはいつもの宮廷魔術師の制服姿と違って、パリっとした黒のタキシードを着ており、長い髪を後ろで一つに結んでいた。

真っ白な制服姿も良いが、黒で統一した正装姿は恐ろしいくらいクインに似合っていた。髪型も普段隠れがちな顔の輪郭まではっきりと見せており、クインの凛々しさを引き立てている。

そんな普段とはまったく違うクインの姿にメラニーはドギマギとしてしまう。

そういうメラニーもいつものローブ姿ではなく、ふんわりとした可愛らしい淡い黄色のドレス姿で、髪型も編み込んだ髪を後ろにまとめていた。

「そのドレス、とても似合っている」

クインがメラニーの姿を見て言った。

実はこれはクインから頂いたドレスだった。

まさか、パーティーに合わせてドレスを贈られるとは思ってもおらず、受け取った時はどうしていいかわからなかったが、こうして改めて褒められると嬉しくもあり、恥ずかしくもあった。

「あ、ありがとうございます」

メラニーはお礼を言うが、内心、心臓はバクバクだ。

(どうしてそういうことをさらりと言っちゃうのかしら？　勘違いしちゃいそう。ああ、心臓が持たないわ。こんな調子で大丈夫かしら？)

落ち着かない様子を見せるメラニーにクインは微笑むと、そっと腕を差し出した。

「では、行こうか」

「は、はい……」

クインのスマートなエスコートにメラニーは胸を高鳴らせながら、その腕を取った。

こんな風にエスコートされながら歩いていると、今更ながらクインの婚約者であることを自覚し、余計に緊張してしまう。パーティーでのエスコートなんてジュリアンと婚約していた時は毎回されていたはずなのに、こんなに胸がドキドキとするのは初めてだ。それに、クインの体と触れ合う部分を妙に意識してしまい、体がギクシャクとしてしまう。

（でも、意識しているのは私だけなのかしら？）

メラニーの歩調に合わせてゆっくりと歩くクインを覗き見るも、クインはいつもの澄ました顔のままだ。

（やっぱり、クイン様にとって私は今でもただの弟子なのかしら？　婚約もあくまで弟子として迎え入れるために、叔父様に言われた条件を呑んでくれただけだし……）

メラニーが考え込んでいると、クインが会場の奥を指さして言った。

「まずは魔物を見に行くか」

「は、はい」

パーティー会場の手前側は談笑している貴族たちの姿もあり、いつもの社交界の雰囲気

だったが、その奥は異様な空気が漂っていた。

メラニーたちがその会場の奥へ足を向けると、多くの魔物が一匹ずつ檻に入った状態でずらりと並んでいた。そこには着飾った貴族たちの他に、ローブ姿の魔術師たちも大勢おり、皆、檻に入った魔物を興味深そうに覗いては、その姿に畏怖していた。

メラニーも普段王都で暮らしている分には魔物を間近で見る機会はないので、改めて並んだ魔物たちの姿に息を呑んだ。

檻の中の魔物は眠っているのか静かなものだったが、恐ろしい魔物がすぐ傍にいるというだけで、さっきとは違った意味で心臓がドキドキしてくる。

「すごい数の魔物……」

「これでも全部ではなく、一部に過ぎない。中には群れで捕獲した魔物もいるからな。ここには種類を確認するために厳選されたものを運んでいる。その年によるが、だいたい出場者と同じくらいの数を小型の魔物から大型の魔物まで用意してある。魔物を必要とした い魔術を披露する出場者もいるし、数が足りないということはまずないな」

さすが、自ら魔物の生け捕りの指揮をしていただけあって、クインは恐ろしい魔物を前にしてもいつもと変わらず平然と説明していた。

「そんな大量の魔物を普段はどこに置いているのですか？」

「城の裏手にある専用の倉庫だ。強力な眠りの魔法をかけてあるから危険はない」

「……とても大きな魔物もいるようですけれど、あんなのに当たる可能性もあるのですか？」

「いや、基本的には予め申請してある魔術に合わせるようにしてある。まぁ、中には直前で披露する魔術を変える魔術師もいるから、期待通りとはいかないケースもあるが。その場合はどの魔物に当たるかは運次第だな」

「そうですか……」

メラニーは自分がどんな魔物に当たるのか想像して少し怖くなった。できれば弱い魔物が当たって欲しいと考える。そんなメラニーの考えを読んだのか、クインは笑って言った。

「大丈夫だ。メラニーの場合は庇護の御守りの披露だから、そう強い魔物には当たらないことになっている。私が不意打ちを食らった時のような暴発は起こらないはずだ。それに万が一のことがあっても、会場には魔術師や兵士たちが控えているから危ないことはそうそう起こらない。安心しなさい」

そう言われても、まだ御守りは作り直している最中だった。上手く効果を安定させることができればいいが、もしまた試作品の時のようなことが起これば危険に違いない。

メラニーは不安に思いながらも、どんな魔物がいるのか観察することにした。

「クイン様。あれはゴーグですか？」

まず、目に飛び込んできたのは銀色の毛をした狼に似た魔物だった。その体は人よりも数倍大きく、前足に付いた長い爪が特徴の魔物だ。

「ああ。運良く群に遭遇したんだ」

「あちらの小さくて丸いのは？」

「あれはケローネだな。全身を甲羅で覆われていて、小さいが倒すには中々厄介な魔物だ」

クインの説明を聞きながら、じっくりと魔物の姿を見て回った。どの魔物も眠りの魔法がかかっているのか檻の中で静かに眠っているので、怖さはあるものの、比較的冷静に観察することができた。

「わっ。大きい。クイン様。あれは？」

「ああ。ガルバドだ。今は眠っているから大人しいが、暴れると危険な魔物だ。捕獲には随分苦労したものだ」

一際巨大な檻に入った大きな毛の塊が目の前に現れ、メラニーは目を丸くした。

体の大きさはさっきのゴーグの数倍はあるだろう。今は丸まって寝ているが、それでもかなりの大きさだから、起き上がったらもっと巨大なはずだ。

ガルバドと言えば、猿と熊が融合したような体と全身を覆う長い体毛が特徴で、その腕力の強さと凶暴性で恐れられている大型の魔物だった。こうやって檻の中で大人しく眠っている分には怖くはないが、暴れている姿を想像するとゾッと背筋が凍るようだった。

こんな魔物相手に魔術を披露しなければいけないことを考え、メラニーは顔色を青くさせた。

「メラニー。大丈夫か？」

「すみません。なんだか、体が竦んで……」

「無理もない。一通り見て回ったし、向こうで少し休もうか」

「……はい」

メラニーたちは魔物の並んだ会場奥から移動し、華やかなホールの方へと戻った。

隅に並んだ休憩用の椅子に腰掛けて休んでいると、クインのもとへ年配の貴族が顔を出した。

「クイン様。少し、お仕事のことでお話があるのですが、よろしいですかな？」

「これはメイデル卿。お久しぶりです。……メラニー。すまない。少し離れるが大丈夫か？」

「あ、はい。私、このままここで休んでいますので」

広いパーティー会場でクインと別れることは心許なかったが、仕事であれば仕方ない。

クインは「すぐに戻る」と言って、男と一緒に貴族たちが集まる場所へ歩いていった。

しばらく、椅子に腰掛けながらクインの後ろ姿を目で追いかけていたのだが、先程の年配の男との話が終わっても、次から次へと別の貴族たちがやってきて、中々クインは戻ってこなかった。

しかも、クインが動けないことをいいことに着飾った令嬢たちがクインの周りを囲んでおり、メラニーの心中は穏やかではない。中にはクインに話しかける令嬢もいて、そんな女性たちと話をしているクインの姿に胸の中がモヤモヤとした。

（彼女たちは仕事関係の人じゃないわよね……。どうしてクイン様の周りを囲っているのかしら？　クイン様もなんだか楽しそうに談笑しているみたいだし。なんだか気分が悪いわ）

そう考え、ふと自分が彼女たちに嫉妬心を抱いていることに気づいた。

（私ったら、何を考えているの？　私はクイン様と婚約はしているけど、でもそれはあくまで仮初の話……。彼女たちに嫉妬を覚える立場じゃないわ。……でも、どうしよう。やっぱり見ているのは嫌……）

クインの周りに並んだ色とりどりのドレスの集団から目を背け、そっと息を吐いた。

クインは国を代表するような優秀な魔術師で、頭も容姿も良い男だ。ああしていると、本当に多くの人たちから注目される人なのだとわかる。その姿はまるで自分とは違う。何をやっても落ちこぼれの自分なんかが、このまま彼の隣にいていいのか不安になってきた。

（クイン様に相応しくありたいと思って頑張ってきたけれど、このままで本当に大丈夫なのかしら？）

そんな風にメラニーが落ち込んでいると、不意に優しい声がかかった。

「お嬢さん。顔色が悪いけど、大丈夫かい？　良かったら、飲み物でもどうぞ」

「あ、ありがとうございます」

ジュースの入ったグラスを手渡され、メラニーは素直に受け取った。一口飲んで、ふうと息を吐くと、少しだけ気分が落ち着くようだった。

顔を上げると、煌びやかな刺繍の入った衣装を着たケビン王子が立っており、ぎょっとして慌てて椅子から立ち上がる。

「ケビン王子⁉　し、失礼しました」

「あははは」

慌てふためくメラニーを見て、ケビンは悪戯が成功した子どものように大きな口を開けて笑った。

「ごめん、ごめん。驚かせたね。クインは一緒じゃないのかい？」

「クイン様は――」

メラニーが女性陣に囲まれているクインの方を見ると、ケビンも視線の先を追い、呆れたように息を吐いた。

「なるほど。令嬢方に捕まっていたか。まったく、可愛い婚約者を一人にさせておいて、なんて酷い男だろうね」

「あ、いえ、お仕事のお話ですので……」

しょんぼりと項垂れるメラニーにケビンは「そうか」と言って話題を変えた。

「ところで、あれからクインとはどうだい？　御守りも渡したんだろう？」

「……それが」

御守りが失敗しており、そのせいでクインの仕事を邪魔してしまったことを説明すると、ケビンは眉を顰めた。

「それはなんというか、残念だったな」

「はい。自分の未熟さを痛感しました。しかもクイン様のお役に立つどころか、邪魔をしていたなんて……。本当に私は役立たずな人間です」

「そこまで自分を卑下することはないと思うけど？」

「いいえ。私はクイン様の隣に相応しい人間とは自分では思えません。魔術師としてもあまりに未熟で、弟子としても不相応です。クイン様の周りには優秀な魔術師が大勢いて、多くの人がクイン様に弟子入りを希望していると聞きます。……それなのに、私には家柄しか誇れるものはなくて……。婚約者としても、きっと……」

自分の中に溜まっていた感情が堰を切ったように溢れ出し、言葉が止まらなかった。そんな不安ばかりの自分が情けなく、メラニーは俯いた。

「君自身はどうしたい？」

優しい声の問いかけに顔を上げると、ケビンの青い瞳がメラニーを見つめていた。

「私は……」

メラニーは言葉を探すように口籠ったが、ぎゅっと両手を握ると、再びケビンに向き直った。

「私は、お傍に居続けたいです。こんなだめな私にクイン様は居場所をくれて、スチュワート家の娘だからではなく、私を私として必要としていると言ってくれたんです。私はその言葉に救われました。だから、恩をお返ししたい。でも、そんな私の身勝手な思いであの方の傍にいてもいいのか……。それに私のせいでクイン様の評判を落としたらと思うと……」

「それは君が気にすることではないさ。クインは人の噂など全く気にしない男だからね。たとえ君のせいで周りからどんな悪態を吐かれたとしても、気にするような男ではない」

「……でも」

「そうか。君は怖いんだね。クインから見放されるかもしれないと思っている」

「……そうです。婚約についても、都合がいいからと交わしておりますが、もし、クイン様に想い人ができたら、私は……」

それはいつからか考えていたことだった。

初めは仮初の婚約だと聞いて安堵していた。しかし、クインのもとで過ごすうちに徐々に彼の隣にいることが心地好くなった。大事にされていることもわかるし、いつまでもこのままクインの傍で暮らしたいと考えるようになった。

でも、弟子としてクインに呆れられたら？　もしくは他に好きな女性ができて、その人を娶りたいと言われたら、自分はどうなってしまうのだろうか。今もああして令嬢たちに囲まれているクインを見ると、そんな未来がくるのではと不安になった。

メラニーが思い詰めるように顔を曇らせていると、ケビンはやれやれと息を吐いた。

「あの男は本当に何をしているんだか。こんな可愛い婚約者を不安にさせるなんてね」

ケビンの声にメラニーはハッと顔を上げた。

王子相手にとんでもないことを口にしていたことに気づき、一気に顔が赤くなっていく。

「い、今の話は、き、聞かなかったことにしてください！」

「ははは。そんなに照れることはないよ」

ケビンはその大きな口を開けて楽しそうに笑った。

「でも、そうだな。もし、君がそんな風に不安に思うのなら、君の方からクインに歩み寄るといい」

「え？」

「案外、上手くいくと思うよ」

「そ、そうでしょうか」

「ああ」

親友であるケビン王子が言うならば大丈夫かもしれない。メラニーは少しだけ胸の内が軽くなったように感じた。

ケビンと話をしていると、彼のもとに従者が慌てた様子でやって来た。

「王子！　捜しましたよ。陛下がお呼びです」

「ああ、すまない。それじゃあ、メラニーさん。また」

「は、はい。ありがとうございました」

ケビンと別れたメラニーはクインがまだ戻ってこないことを確認すると、少し自分の感情を整理したいと思い、人気のないバルコニーへ向かおうと考えた。新鮮な空気を吸えば少しは気分転換になるかもしれない。そうと決めたら、クインが戻る前にと早速移動することにした。

会場内の人ごみを避けるように移動していると、名前を呼ぶ声が聞こえた。

「あら、メラニーじゃない？」

後ろから甲高い声がかかり、メラニーは振り返った。

「……エミリア」

「どうしてあなたがここにいるのかしら？」

艶やかな派手な赤いドレスに身を包んだエミリアはドレス姿のメラニーを見て、怪訝そうに眉を顰めた。

「まさか品評会に出るつもり、なんて言わないわよね」

「……そのまさかだとしたら？」

「まぁ！　本気で言っているの⁉　呆れた」

「わ、私だって、クイン様のもとで勉強をしているの。もう、以前のような私じゃないわ」

震えそうになる自分を叱咤してメラニーが言い返せば、エミリアは不満そうに目を細めた。

「あら。めずらしいこと。口答えができるようになったのね。でも、そんな風にいい気になっていられるのも今のうちよ」

「え？　……それどういう」

「エミリア！」

不敵に笑うエミリアにメラニーが不審に思って問いただそうとした時、懐かしい声が聞こえてきた。

「エミリア。ここにいたか」

「ジュリアン！」

恋人の登場に、エミリアが嬉しそうに彼の名前を呼んだ。

体を密着させ、仲睦まじい様子を見せる二人の姿に、メラニーの胸の中に黒いモヤモヤとしたものが広がっていく。

「……ジュリアン」

「……やぁ、これはこれは。メラニーじゃないか」

エミリアの腰に手を回したジュリアンがメラニーの存在に気づき、驚いた表情を見せた。

「久しぶりだな。まさかこんなところで出会うなんて。パーティーは嫌いだろ？」

明るい口調で、ジュリアンは自分が一方的に振った元婚約者に笑って言った。

「私は」

「ジュリアン、聞いてよ。この子も品評会に出場するらしいわ」

メラニーが答えようとすると、エミリアがジュリアンに体を擦り付けながら、横から口を挟んだ。

「まさか、本当に？　だって、君は魔術も碌に使えないだろう？」

「そうよね。魔力もない癖に品評会に出るなんて、止めておいた方がいいわ」

「……魔力があるとかないとか、関係ないわ。私は私が作ったものを発表するだけだもの」

メラニーがなんとか勇気を振り絞って言うと、驚いたように彼らは目を見開いた。

「まぁ、聞いた？　生意気ですこと」

「メラニー。悪いことは言わない。君の実力では危険なだけだ。あのブランシェットとか言う宮廷魔術師と婚約したそうだが、彼の名前を傷つけるだけだぞ。ただでさえ君は落ちこぼれということでスチュワート家のお荷物なんだから、大人しくしていた方がいい」

「そうよ。これ以上、醜聞が流れる前に辞退しなさい。ああ、ついでにクイン様とも自分からお別れした方が身のためなんじゃない？　だって、あなたとクイン様って並んでいても全然お似合いじゃないもの」

二人は口々に一方的な言葉をメラニーに投げつけた。

「……」

「……なぁに？　その顔？　私たちは親切で言ってあげているのに。それとも、自分がクイン様に相応しいって本気で思っているわけ？」

「それは……」

ずばり言われ、メラニーは口籠った。そんなこと、自分が一番わかっている。

メラニーが俯いていると、目の前に大きな影が立ち塞がった。

「――余計なお世話だな」

低い声で言い放つ人物に、メラニーは目を大きく見開いて、その名前を呼んだ。

「クイン様!?」

「メラニー。待たせた。一人にさせてすまなかった」

クインは柔らかい笑みをメラニーに向け、ジュリアンたちに見せつけるようにメラニーの肩に手を回して抱き寄せた。そしてジュリアンとエミリアの方に目を向けると、二人の

姿をじっくりと観察する。

「ああ。誰かと思えばまた君か。それと……隣の男がオルセン家の嫡男か」

クインの冷ややかな目に凄まれ、その迫力に二人は言葉を失った。

「ちょうどいい。君たちにはお礼を言わなくてはいけないと思っていたんだよ」

「「えっ？」」

クインにニッコリと笑顔で言われ、二人は驚きの表情を浮かべる。

（——クイン様⁉）

クインはメラニーの肩を抱く手に力を込め、ジュリアンたちに言った。

「メラニーと別れてくれてありがとう。お陰で彼女と知り合うことができて私は本当に運が良かった。これも君たちが共謀して婚約を解消してくれたからだよ。素晴らしい才能を持った弟子と愛らしい婚約者を一度に迎えることができたんだ。全く、君たちには感謝しかないよ」

ニコニコと言っているが、その目は少しも笑っていない。

クインの氷のような鋭利な眼差しに、先程まであんなに饒舌だったジュリアンとエミリアは硬直したまま、口をパクパクとさせていた。

そんな二人を威圧するようにクインは更に続ける。

「品評会で彼女がどんな魔術を見せるか、楽しみにしているんだな」

「なんだと……！」

「ジュリアン」

クインの挑発にカッとなるジュリアンをエミリアが押しとどめた。

「いいわ。行きましょう」

分が悪いと感じたのか、意外にもあっさりとエミリアは引き下がった。それでもジュリアンはまだ不満そうだったが、エミリアに背中を押され、渋々といった体で下がっていく。

メラニーは会場の人垣に彼らの後ろ姿が消えていくのを確認して、ホッと息を吐いた。

「大丈夫だったか？」

「はい。……あの、ありがとうございます」

「あの二人に言われたことを気にすることはない。君は君の魔術を見せればいいんだ」

そう言ってクインはメラニーを慰めるように頬を撫でた。

「――クイン様」

胸がドキドキとうるさいのはクインに触れられているせいか、それともさっきのクインの言葉のせいか。

『愛らしい婚約者』。

メラニーの聞き間違いでなければ、確かにクインはそう言った。

（クイン様も私のことを？　でも、私を庇って言ってくださっただけかもしれないし……）

心の中がモヤモヤとする中、メラニーは決心して口を開く。

「あ、あの。クイン様」

「……どうした、メラニー？」

「先程のお話なんですけど、あれは……」

ドキドキと鳴り響く心臓を押さえ、意を決して訊ねようとした、その時だった。

会場の奥からけたたましい轟音が響いた。

「きゃっ！」

地震かと思うほどの衝撃が床を走り、体勢を崩してよろめいたメラニーの体を咄嗟にクインが支える。

「メラニー！　大丈夫か」

「はい。……一体、何が……」

会場全体が何事かと騒めきだしていた。

そこに女性の悲鳴が聞こえてくる。

「きゃーっ！　魔物が檻から出ているわ！」

その言葉に驚いて、会場の奥に目を向ければ、なんと一匹の大きな魔物が檻の外に出ていた。

「なぜ、魔物が檻から出ているんだ！」

「おい、早く逃げよう！」

「誰か、魔法を放て！」

突然の出来事に人々が混乱していると、灰色の毛並みをした魔物が近くにいたパーティー客らに突っ込んでいく。

「あれはゴーグだ！　ゴーグが暴れているぞ！」

人々の叫び声に交じって、獣の唸り声が会場中に響いた。

「メラニー、逃げろ！」

クインに言われ、メラニーは慌てて会場の反対側へと逃げようとするが、ゴーグが人々を倒しながら、メラニーたちの方へ向かって、ものすごい勢いで突進してくる。

「きゃっ」

逃げ惑う人々に押され、メラニーがつまずいた。

急いで立ち上がり、顔を上げると、すぐ近くまでゴーグが迫っており、その深い黒色の瞳がメラニーへと向けられた。まるで初めから狙いを定めていたかのようにゴーグは真っ直ぐにメラニーを睨みつける。

その凶悪な眼差しに全身が固まった。

「メラニーっ！」

恐怖のあまりその場に立ち竦むメラニーにクインの声が響いた。

ハッと意識を取り戻した時にはゴーグが突進しており、逃げ出す暇もなかった。

「危ないっ！」

叫び声と共に体を押され、メラニーは床に投げ出された。

その後ろでクインの呻き声が上がる。

「ぐはっ！」

「――クイン様っ！」

顔を上げると、ゴーグの鋭い爪がクインの腹部を引き裂いていた。

タキシードの一部を裂かれ、クインはたたらを踏んでよろめく。

それでもなんとかその場に踏みとどまったクインは素早く攻撃魔法を唱え、ゴーグへと向けて放った。

「きゃっ！」

強烈な爆発音と共に、ゴーグの悲鳴が耳をつんざく。

攻撃魔法の余波が近くにいたメラニーに襲い掛かり、その衝撃波に再び床に伏せた。

ぐわんぐわんと耳鳴りが響く中、メラニーはクラクラとする頭を押さえ、なんとか体を起こす。

「――くっ！」

「クイン様っ⁉」

くぐもった呻き声に反応して顔を向ければ、クインが床に伏していた。

メラニーは急いでクインのもとに駆け寄ると、その倒れた体を起こし、自身の膝の上にクインの頭を乗せた。

「大丈夫ですか!?　しっかりしてください、クイン様っ！」

呼びかけても、クインは目を閉じたまま、ピクリとも動かない。

「クイン様っ！」

意識のないクインの手を取ろうとして体に手を伸ばすと、ぬめっとしたものが指先に触れた。不審に思って目を向けると、自分の指先が真っ赤に染まっており、メラニーは声にならない悲鳴を上げた。

「――っ！」

よく見ればクインの腹部から流れた赤い血が彼の黒いタキシードをどす黒く染めていた。

「――クイン、さま？」

クインの顔に触れる手が震えた。

頬に触れると、赤い血が付いてしまい、一瞬躊躇った。それでも彼の体温を確認するように恐る恐る顔に手を添え、メラニーはクインの名前を呼び続けた。

「クイン様。しっかりしてください……。クイン様っ！」

何度呼びかけてもクインの瞼は閉じられたまま、動かなかった。そうこうしている内にクインの顔色が白くなっていき、メラニーはどうしていいかわからなくなる。

「クイン様っ！　起きてくださいっ！」

「おいっ！　何事だ！」

メラニーが悲痛な叫びを上げた時、周りに集まった人垣の中からケビンの声が聞こえた。

あまりの事態に茫然と立ち竦んだまま動けない人々をかき分け、メラニーのもとへやってきたケビンは目の前に広がる惨劇に息を呑む。

「これは一体……。――って、クイン⁉」

ケビンはメラニーの腕に抱かれたままぐったりしているクインに気づくと、顔色を変えて駆け寄った。

「クインっ！　大丈夫か⁉　メラニーさん、一体何が⁉」

「私を庇って、クイン様が……」

「すぐに救護班を呼ぼう。おい、誰か回復魔法を！」

ケビンが近くの人間に救護班を呼ぶように命じると、すぐに白いローブを着た宮廷魔術師がやってきた。

回復魔法をかけられ、治癒されるクインの顔を覗き込みながら、メラニーはその手を握った。

「クイン様、しっかり――」

固唾を呑んで見守っていると、徐々にだがクインの顔色が元に戻っていく。

しばらくして、回復魔法をかけた魔術師が言った。

「……意識は失っていますが、一先ず怪我の方は大丈夫かと」

その言葉にメラニーとケビンはホッと肩の力を抜いた。

「よかった……」

「でも、これはあくまで応急処置なので、しばらくは安静にする必要があると思います」

「……はい。ありがとうございました」

「すぐに医務室に移しましょう。今、担架を持ってきます」

そう言って、宮廷魔術師は集まってきた他の魔術師や兵士たちの方へ戻って行った。

「本当によかった……」

メラニーは涙で濡れた顔をドレスの裾で拭うと、ようやく顔を上げた。

「ああ。――だが、クインが怪我をするなんて、一体何が……」

クインの容態を心配しつつも、ケビンは改めて周りの状況を確認した。そこでメラニーも初めて周囲を見渡し、辺りの惨状を目にした。

「これは、ゴーグか……」

メラニーたちのすぐ傍には襲ってきたゴーグが横倒しになっていた。

クインの放った魔法はゴーグを一撃で仕留めたようだった。

しかし、その周りにはゴーグの突撃を受けたとみられるパーティーの参加者が倒れていて、その人たちには既に周りの魔術師たちが救護に当たっていた。

「檻に入れていたはずなのに、なぜこんなことに……？」

「ケビン王子！　あちらに壊れた檻が」

状況検分していた兵士の一人が壊れた檻を見つけ、ケビンに報告した。

「なんだと？　なぜ檻が破られているんだ。すぐに他の檻も異状がないか確認しろ！　ゴーグには眠りの魔法がかかっていたはずだろう？」

「はい。クイン様がかけられた魔法ですので、そう簡単には目覚めないはずですが……」

この悲惨な状況にパーティー会場内は騒然とした。参加している貴族や魔術師たちは不安そうな顔で事態を遠巻きに見守っている。メラニーも意識の戻らないクインの手を握ったまま、その様子を見ることしかできなかった。

そんな中。

「――これが原因ではなくて？」

騒然とする会場内に一際高い声が響いた。

メラニーがその声に反応して振り向けば、いつからそこにいたのか、エミリアが魔物の檻が並んだ場所に立っていた。

「何かあったのか？」

ケビンがエミリアのもとへ向かうと、エミリアは足許の床を指差す。

「これを見てください」

「……これは！　魔法陣がなぜここに⁉」

ケビンが床に置かれた布を慎重に手に取って、そこに描かれている魔法陣を広げた。

「誰が、こんなものを——」

「ねぇ、この魔法陣。古代語が書かれているみたいだわ？」

「——何？」

エミリアの言葉に、周りにいた人々も魔法陣の前に集まり始めた。

「本当だ。……しかし、古代語を使った魔法陣なんて、誰が……」

「使えるやつなんて、いるわけがない」

騒然とする人々を見て、メラニーは嫌な予感がした。

そしてその予感は当たり、エミリアの声がメラニーに向けられる。

「あら？　一人いるじゃない。ここに古代魔術が使える子が」

「え？　誰だ？」

「——メラニー・スチュワート！」

メラニーの名を呼んだエミリアが真っ直ぐにメラニーを見据えたまま、ゆっくりと歩いてくる。

「なんでもあなた、古代魔術を研究しているそうじゃない？」

　エミリアの言葉に周りが騒めいた。

「スチュワートだって？　あのスチュワート家の娘か？」

「それならば、古代魔術が使えてもおかしくはない……」

「違っ。私じゃありません！」

　疑いの目を向けられたメラニーは必死に首を横に振った。

「わ、私も襲われたんです！　それをクイン様が身を挺して庇ってくれたのに、そんなことするわけがないわっ！　いい加減なことを言うのは止めて、エミリア！」

　メラニーは悲痛な叫びを上げるが、エミリアは余裕の表情で笑った。

「そんなのわからないわ。自作自演だったんじゃない？」

「おい、聞いたか？」

「まさか、スチュワート家の令嬢が」

「違います！　私じゃ――」

　再び騒めきだす周囲にメラニーは首を振って弁明するが、誰も彼もがメラニーを胡乱な目で見ていた。その視線に怯えていると、ケビンの声が響いた。

「そこまでだ！」

　王子の声に騒めいていた参加者たちは口を閉ざしていく。

そして険しい表情を浮(う)かべたケビンがメラニーのもとへと戻(もど)ってきた。

「……ケビン様」

その顔はいつになく真剣(しんけん)で、冷たい青い瞳(ひとみ)にメラニーは気色(けしき)ばんだ。

「残念だが、疑わしい証拠(しょうこ)がある以上、君には話を聞く必要があるようだな」

「——っ！　待ってください、ケビン様！　私はやっていません！　それにクイン様はどうなるのです⁉」

こんな状況に置かれてもメラニーの心配は倒(たお)れたクインにあった。

「クインは私の方で見ておく。……すまないが、君の容疑が晴れるまで大人しくしていてくれ」

ケビンが耳元で囁(ささや)き、メラニーを見て頷(うなず)いた。

「そんな……」

そしてすぐに救護班の人間がやってきて、用意した担架にクインを乗せていく。

クインの事は心配だったが、今はケビンの言う通りにするしかなさそうだった。

メラニーは顔を上げ、運ばれていくクインの姿を黙(だま)って見送った。

その視界の端(はし)にエミリアの姿が映った。

「エミリア……」

彼女の赤い唇(くちびる)は微笑(ほほえ)みを浮かべている気がした。

魔物の檻を壊し、ゴーグを暴走させ、パーティー会場を混乱させた罪でメラニーは城の一角にある仮牢に幽閉されていた。

運の悪いことに、あの場には国王陛下をはじめ城の重鎮たちが大勢いて、下手をすれば陛下の命に危険が及んでいたとして、容疑をかけられたメラニーの処遇は厳しいものとなっていた。


メラニーがスチュワート家の令嬢ということもあって、牢屋と言ってもベッドやテーブルなど、それなりの設備は整っている部屋であったが、窓と入り口には頑丈な鉄格子がはまっており、外に出ることはおろか、家族ですら面会することも叶わなかった。

あくまで容疑者ということだが、あの場には魔法陣以外に証拠となるものはなく、数日が経過しても、メラニーの容疑は依然として晴れることはなかった。

そんな状態で幽閉されていたメラニーだったが、今の自分の状況よりもクインの容態の方がずっと気がかりだった。

ダリウスが秘密裏に寄越してくれた手紙によると、クインは意識を取り戻し無事だということらしいが、元気な姿を見るまでは何も信じられなかった。

それに犯人もまだ捕まっていない。

手紙ではダリウスだけでなく、メラニーの両親もメラニーが容疑をかけられていることに強く反発しており、メラニーを幽閉した王室に猛抗議をしているそうだ。すぐにここから出すよう要請しているから大人しく待っているようにと書かれていたが、それでも不安は募る。

わざわざ古代魔術の描かれた魔法陣を仕掛け、あんな危険な騒動を起こした目的はなんだったのか。

疑わしいのはあの場でメラニーに容疑をかけたエミリアだったが、まさか彼女がそんなことまでしてメラニーを陥れようとしたなどとは考えたくもなかった。しかし、あのとき一瞬見たエミリアの笑みが脳裏から離れない。

もし仮にエミリアが犯人だったとして、一体何が目的だったのか。こうしてメラニーに容疑をかけ牢屋に入れることか、それともあのまま本当に命を奪おうとしたのか……。あの時、ゴーグは数いるパーティー客の中で真っ直ぐに自分を狙っているように思えたのだ。本当にエミリアがゴーグをけしかけて自分を狙ったのだとしたら……。そう考えただけで身震いがした。

（わからない。エミリアが何を考えているのか……）

けれど、実際起こったのはメラニーを襲おうとした魔物からクインが身を挺して庇い、メラニーの代わりに重傷を負ったことだ。

ゴーグの攻撃を受け、大量の血を流すクインの姿が脳裏にこびりついたまま離れなかった。もし、あのままクインが死んでしまったらと考えるだけで、胸が張り裂けそうだった。今は意識を取り戻し、安静にしていると聞いても、こうやって会えない時間が苦しくて仕方がない。

もう一度会いたい。会って無事な姿を一目見たい。クインが無事なら自分はどうなってもいいとさえ思った。

（――ああ、私、クイン様のこと、こんなにも好きだったんだわ）

メラニーは自分の想いを自覚し、なぜこんなことになってしまったのか、一人牢の中で泣きはらした。

それから間もなく、メラニー釈放の一報が入った。

そして、わざわざメラニーを出迎えに姿を現したのは、ケビン王子だった。

「メラニー・スチュワート。釈放だ」

「ケビン様！　私の容疑は晴れたのですか？」

「……一応ね」

そう答えるケビンの顔に疲れが色濃く出ており、そのやつれた姿にぎょっとしてしまう。

「ケビン様？　なんだか顔色が随分と悪いようですが、大丈夫ですか？」

メラニーが思わず心配の声をかけるとケビン王子は複雑そうな顔で苦笑した。

「ああ、気にしないでくれ。ちょっとばかり、大変なことになっていてね」

「大変って……。クイン様は大丈夫ですか!?」

「いや、クインのことではない。あいつならピンピンしているよ」

「そうですか。良かった……」

ホッと胸を撫で下ろしたメラニーは少し考えて小首を傾げた。

「では、一体？」

「……今回の件で君を容疑者として捕らえたことにスチュワート家が王室に猛抗議してね。まぁ、大事な愛娘が捕らえられたんだ。無理もないが……。しかし、魔法学校とタッグを組んで王室に圧力をかけてくるとは、本当に恐ろしい家だよ。もう少しで危うく政権が崩壊するところだった……。まさか、王室に不満を持っている反対派閥の人間をああも纏めてくるとは……。スチュワート家を敵に回してはいけないと言う格言を、身をもって体験することになるとは思わなかったよ」

ダリウスが手紙の中で、王室に対して猛抗議していると言っていたが、憔悴しきったケビンの様子から察するに相当な圧力をかけたらしい。

メラニーは思った以上に大事になっていることに驚きと共に申し訳なさを覚えた。

「……なんだか私のせいですみません」

「いや、君が謝ることではない。寧ろ、もっと早く君を釈放できれば良かったのだが、力及ばず時間がかかってしまった。改めて君には謝罪するよ」

「いえ……、ケビン様にもお立場があることはわかっていますので……」

王子自ら謝罪され、メラニーは慌てた。

「まさか牢に入れた君に慰められるとはね……。さぁ、クインが心配している。早く行こう」


クインは一人、城のあてがわれた部屋で休養を余儀なくされていた。

怪我はもう十分に回復し、体は動けるのだがケビンがうるさく養生を強いたのだ。

曰く、無理をして国一番の宮廷魔術師に倒れられたら困るという理由だった。迷惑なことに、廊下には見張りもついており、下手に外に出ることもできない。

恐らくは、容疑者と疑われている婚約者に接触して、クイン自身が容疑に加担していたと見られたら困るからだろう。

この国におけるクインは国の代表とも言える立場にある。そのため、ケビンは王族として国の英雄であるクインの名に傷がつけられることを恐れていた。クインが宮廷魔術師という立場である以上、この身は国の物だ。

あの男は有事の際、友情よりも国益を取る冷静さを持っている。それは、国の次期国王として必要なものだし、時として冷酷な判断を下さなければいけない立場であることは、親友であるクインも理解していた。

だから、今は大人しくメラニーが解放されるのをこの部屋で待つほかない。

しかし、宮廷魔術師という自身の立場がここまで足枷になるとは思わなかった。

クインの心の中にあるのはメラニーの心配だけである。

一度、見舞いに訪れたダリウスに彼女のことを訊いたが、ダリウスでさえも面会はできなかったそうだ。しかし、彼が耳に入れた様子からするに、メラニーはクインが怪我を負ったことを随分と思い詰めているらしい。

牢に入った自身のことよりもクインのことを心配している彼女に胸が痛くなった。もしかしたら、あのときメラニーを庇ったことで、彼女は自分のせいだと罪の意識を感じているのかもしれない。

まったく。人のことよりもまずは自分の身を心配するべきだろうに……。どうして彼女はいつも人の心を不安にさせるのか。

あの臆病で、か弱い少女が容疑をかけられ、一人きりで幽閉されていると聞いただけで胸が締め付けられる思いがした。

彼女に対して過保護になっている自分に気づいてはいたが、クインの人生において、これほどまで一人の人間に対して心を砕いたことはない。

友であるケビンや師であるダリウスからも、もっと他人に興味を持てと心配されてきた。幼少の頃から周りの年上の人間に負けないために誰よりも強くなろうとし、自分だけの世界にのめり込んできた。宮廷魔術師になってからは内に籠っているばかりでは足を引っ張ってくる貴族たちに太刀打ちできないと知り、多少の付き合いを覚えるようになったが、心のドアは閉ざしたままだった。それが気楽だったし、不満もなかった。

なのに、メラニーに出会い、彼女の才能に魅了され、自分の弟子とした。

その才能に振り回され、予期せぬ事態に頭を抱えることも度々あった。

しかし、目が離せないことすら、どこか楽しんでいる自分に気づいたのはいつからだろうか。ひょっとしたら、最初からそうだったのかもしれない。あの小さな体に秘められた彼女の魅力に惹かれていたのだ。

遠征に出かけている間もずっと彼女のことが気がかりだった。貰った御守りを見つめては彼女のことを考え、狩りが終われば真っ先に屋敷に帰り、メラニーに会いに行った。

あの夜、会えなくて寂しかったと言った彼女の言葉に胸を打たれ、思わずその頬に触れていた。残念ながら会話の途中でメラニーは眠ってしまったが、あのまま起きていたらきっと自分は自重できなかっただろう。

いつの間にか自分の中に膨れ上がっていた感情に戸惑い、彼女の前では以前と同じ態度をとるよう心がけていたつもりだったが、メラニーがゴーグに襲われた時、いつもなら仲間の危機にも冷静に対処できるはずが、あの時は頭で考えるより先に体が動いていた。そのせいで大怪我をし、我ながらなんと無様な姿だっただろうか。

目が覚めて、彼女が容疑者として拘束されていると聞いて、今までにないほどの怒りを感じた。ケビンには冷静になれと諭されたほどだ。

「……メラニー」

クインは彼女のことを思い、愛しい婚約者の名前を口にしていた。

そうやってどれくらいの時が経過しただろうか、部屋のドアがノックされた。またケビンが様子を見に訪ねてきたのかと思い、入室を許可する。

すると、

「クイン様っ！」

髪を下ろしたワンピース姿のメラニーが駆けて来た。

真っ直ぐに自分の胸に飛び込んできた少女の姿にクインは己の目を疑った。

「メラニー?」

「良かった、ご無事で」

どれだけ泣きはらしたのだろうか。彼女の目は真っ赤に腫れあがっていた。今もその瞳から涙が次々と溢れ出ており、クインは指を伸ばすとその涙を拭った。

「まったく、人のことばかり心配して……」

少し離れていた間に彼女は痩せたようだった。痩せこけた頬を指の腹で撫でると、彼女はようやく涙を止め、ホッとしたように微笑んだ。

「クイン様がご無事で良かったです」

「私のことより、君の方がよっぽど大変だっただろう。すまない。肝心な時に何も力になれなくて」

「いいえ。そんなことありません。クイン様が意識を取り戻したと聞いて、どんなに嬉しかったか。けれど、御姿を見るまでは心配で心配で……」

「……メラニー」

自分のことより他人の心配ばかりをして、涙を浮かべる彼女が愛おしかった。

気づけば、衝動の赴くまま、メラニーの体を抱きしめていた。

「く、クイン様⁉」

メラニーの驚いた声が聞こえたが、構わずにそのまま腕に力を込める。そうやって、彼女の体温を感じるように抱きしめれば、ようやく彼女が無事だったと心の底から安堵できた。

クインに体をきつく抱きしめられたメラニーは思わず息を止めて、これは何事だろうかと考えた。

顔から火が出るように恥ずかしくもあったが、しかしこうして抱きしめられていると、とても安心するようで、今だけはもう少しこのままでいたいと願った。

メラニーがクインの胸に頭を預け、その広い背中に腕を伸ばした、その時。

なにやら廊下の方から騒がしい声が聞こえてきた。

「ええい！　放せ、小僧っ！」

「……ちょっと、待ってください！　ダリウスさん！　今、二人いいところだから！」

扉を蹴り倒したダリウスが、ケビンと共に部屋の中に乱入してきて、慌ててメラニーはクインから体を離した。

「……いいところで」

すぐ傍からチッと舌打ちが聞こえ、耳を疑ったが、それよりもダリウスが駆けてきて、クインから奪うようにメラニーの体を抱きしめた。

「おおっ！　メラニー！　私の可愛い姪よ！　無事で良かった」

「叔父様。ご心配をおかけして、すみませんでした」

「だから彼女は無事だと何度も説明したでしょう」

「本人の顔を見るまで安心できるか！　メラニーを無実の罪で牢獄に入れたくせに」

「仕方ないでしょう。あの状況では私の一存で無罪放免にするわけには」

メラニーを囲みながら、ダリウスとケビンが喧嘩をする。

「あの、叔父様。私はなんともありませんでしたし。そんなに殿下を責めないでください」

「君は優しい子だな。しばらく王族どもには色々圧力をかけておくから、もう心配しないでいいぞ」

（……圧力ってどういうものかしら？）

気になったが、なんだか聞かない方が身のためのように思えた。

「勘弁してください。これ以上、スチュワート家と魔法学校を敵に回したくありません」

「敵に回したくなければ、早く犯人を捕まえろ」

そのダリウスの言葉に反応したのはクインだった。

「その通りだ。ケビン。まだ、首謀者は見つからないのか？」

「ああ。残念なことにね。とりあえず、回収した魔法陣にはメラニー嬢の痕跡が残っていないことは確認できたので釈放になったが、まだ犯人はわからないままだ」

「……メラニーの他に古代魔術に精通する人間がいるのか？」

「いや、あれは古代魔術を装った魔法陣だった」

「どういうことだ？」

「古代魔術研究室の面々に確認を取ったところ、魔法陣に描かれていた古代文字はまったく作用していなかったんだ」

「……ダミーか」

「ああ。これがメラニー嬢のやったことではないという証拠だ。彼女に容疑を向けるためにわざと古代文字を使ったのだろう」

「……なんということだ。スチュワート家を敵に回すなど、無謀な」

メラニーが陥れられたと聞き、ダリウスは怒りを露わにした。

「……犯人は私を狙ったのでしょうか？」

「君を狙ったのか、それとも狙いは他にあったのか。今はまだわからない。しかし、用心した方がいいな。メラニーさん。君は魔術品評会に出場届を出していたが、このまま出場するつもりか？」

「……私は反対だ」

隣でクインが言った。

「クイン様」

「犯人が捕まらない以上、今後また同じことが起こる可能性があるだろう。特に品評会は多くの魔術師たちが出入りする場。魔力がなく、自衛できないメラニーには危険すぎる」

「……」

クインが心配してくれることは嬉しかったが、弱い自分が情けなく感じた。

（やっぱり、私はクイン様の足枷にしかならないの？）

そんな落ち込んだメラニーの肩をダリウスが叩いた。

「メラニー。君にこれを渡しておこう」

そう言って、ダリウスは上着の内ポケットからペンダントを取り出した。

ペンダントには深い緑色の大ぶりの宝石が付いており、持つとずっしりと重量感を感じた。

「叔父様、これは？」

「スチュワート家の皆で作った魔力供給装置だよ」

「魔力供給？」

「前にメラニーにスチュワート家の古文書の解読をお願いしたことがあっただろう？」

「ええ」

クインが不在の時に訪ねてきたダリウスから頼まれ、何冊か解読をしていたことを思い出す。

「その古文書に書かれた古代魔術の一部を応用して作ったものでね。真ん中に宝石があるだろう？」

「はい」

「これはただの宝石ではなく、魔石なんだ。ここに魔力を流すと、一定時間魔力が石に留まった状態となる。その状態でペンダントを装着すると魔石から魔力が体に流れ、自分の魔力として使うことができるんだ」

「……なんと」

「つまり、魔力を持たない人間も魔法が使えるようになるということか？」

ダリウスの説明にクインとケビンが驚きの声を上げた。

「あくまで試作段階だ。この魔石を作るだけで相当な試行錯誤をしているからな。流れる魔力の性質は人それぞれ。これはスチュワート家の魔力に合わせた特別な魔石で、スチュワート家の者にしか使えない代物だ。言わば、メラニー専用だな」

「じゃあ、他の人間には使えないのか……」

がっかりしたのはケビンだった。恐らく、この品が活用できれば、国にとって莫大な利益になると考えたからだろう。

「……これがあれば、私でも魔法が使えるのですか？」

「ああ。そうだ。身を守るための魔法も使える。その魔石に私の魔力が少し入っている。試しに使ってみるかい？」

「はい」

ダリウスに促され、メラニーはペンダントを首にかけた。宝石の部分を肌に当てると、僅かにペンダントから魔力が体内へと流れるのが感じられた。

「石から魔力が流れてくるのがわかるかい？」

「……はい」

「そのまま、ゆっくり魔力が体内に伝わるのを感じてみなさい」

ダリウスに言われ、目を閉じて、魔力の流れに意識を集中した。そうしていると徐々にだが、自分の中に魔力が溜まっていくのが感じられる。それは今まで魔力がほとんどなかったメラニーにとって、新鮮で少し怖いような感覚だった。

(これが、普通の人の魔力量……。すごい。体の中に魔力が満ちていくのがわかる)

「全身に行きわたるように集中して。準備ができたら、何か魔法を使ってみよう」

「魔法……。何がいいかしら？」

その時、脳裏に一つの魔法が思い浮かんだ。それは幼い時、兄や妹が遊びの中で当然のように使っていた魔法で、何度も練習したが、一度として発動できなかった水魔法の一つだ。

（今の魔力なら、私にも使えるかも）

メラニーはずっと使ってみたかった魔法を頭の中でイメージした。

「――えいっ！」

頭上に向けて魔力を放つと部屋の天井から細かい水の粒子が発生し、メラニーの頭の上を中心に回転するように降り注いだ。窓辺から降り注いだ光がその水飛沫に反射して、室内に小さな虹を作る。

「――できた。私にも魔法が使えました！」

メラニーは興奮しながら、後ろに控えていたクインたちを振り返った。

「あっ……」

「……」

「……」

「……」

水飛沫を浴び、頭からずぶ濡れとなった三人が何とも言えない顔でメラニーを見つめていた。

「ひぃっ！　ご、ごめんなさいっ！　い、今、風魔法をっ！」

「いや、大丈夫だ。自分でかける」

慌てて魔法を使おうとするメラニーを押しとどめ、クインが代表して、風魔法を使って濡れた三人の全身を乾かした。

「ごめんなさい！　ごめんなさい！　ごめんなさいっ！」

ついうっかり、ここが室内で周りに人がいるということを忘れていたメラニーは三人に対して猛烈に謝った。

「大したことないから気にしなくていい。それより、魔法を使ってみてどうだ？」

気を取り直したクインがメラニーに感想を訊ねた。

「はい。……夢のようです」

家族の皆が自分のために作ってくれたこと、魔法が使えないというコンプレックスから解放されることに胸の中が熱くなった。

「良かったな」

喜ぶメラニーをクインが優しい目で見つめた。

「はい。ありがとうございます。叔父様」

メラニーは目に涙を浮かべながらペンダントを握りこむと、ダリウスにお礼を言った。

「初めてでそれだけちゃんと使いこなせるなら、練習すれば高度な魔法も使えるようになるだろう。これがあれば、身を守るための魔法も使えるはずだ。ただし、使う量が多い分、それだけ体にも負担がかかるので使う時は十分に注意するように」

「はい」

ダリウスの言葉に頷き、メラニーはクインの方を向いた。

「クイン様。お願いします。私、魔術品評会に出場したいです。品評会は国民のために役立つ魔術を広める場。私の古代魔術で皆の役に立てることがあるのなら、私は挑戦してみたい。それで、――自信を持って、クイン様の隣に立てるようになりたいです！」

「……そうか」

クインは静かに頷くと、困ったように小さく笑った。

「どうやら君の意志は固いようだ。なら、私は応援するしかないな」

「クイン様！」

クインの許しを得て、メラニーは嬉しそうに微笑んだ。

「やれやれ、どいつもこいつも困ったものだね。まだ犯人も捕まっていないんだぞ？」

「ケビン様……」

「全力を挙げて捜し出すのが、城の者の役目だろう」

「わかっていますよ、ダリウス教授。引き続き捜査を致します。ですが、メラニーさん。品評会に出場するなら気をつけて臨むように。……私も君が作り出す魔術には期待しているんだ。是非、国に貢献できる魔術を開発してくれ」

ケビン王子に忠告と共に激励の言葉をかけられ、メラニーは気の引き締まる思いで頷いた。

「はい！　ありがとうございます！　私、精一杯頑張ります」

家族に心配をかけたことを謝りに行くなど、諸々のことを済ませた後、メラニーは使い魔のメルルを連れて、古代魔術研究室に赴いていた。今まで、宮廷魔術師の仕事場にはメルルを連れたことはなかったのだが、あの事件以降、護衛として常時連れ歩くようにクインから言われていたためである。

例に漏れず巨大な蛇の使い魔に驚くディーノたちだったが、宮廷魔術師だけあって、すぐにその存在を彼らは受け入れてくれた。

「先日はお騒がせしました。ご心配をおかけしてすみません。そして、容疑を晴らしてくれたのも皆さんのおかげと聞いています。本当にありがとうございました」

彼らと会うのはクインが遠征から帰ってきた日以来となるが、まずは心配をかけたことを詫びた。

「いやぁ。あんたが捕まったと聞いてびっくりしたよ」

「容疑が晴れたみたいで良かったな」

笑顔を見せるオーリーとバーリーの横で、ディーノは「まだ油断できませんよ」と、眉を顰めて言う。

「犯人は捕まっていないんだろう？　スチュワート家の娘を陥れようとするなんて、なんて怖いもの知らずなやつなんだろう」

「犯人に心当たりはないのか？」

バーリーにそう言われ、メラニーの脳裏にエミリアの顔が浮かんだが、いくら何でも彼女がそこまでするとは考えたくなかった。

メラニーが口を閉ざすと、ディーノは悪いと思ったのかすぐに話題を変えた。

「まぁ、今はそんなことは置いておいて。えっと、魔術品評会のことで話があるんだろう？」

「はい。それなんですが……」

メラニーは言いにくそうに、壊れた御守りを彼らに見せた。

「実は思いの外、御守りの反動が強いことがわかりまして……」

試作実験の時には与えた攻撃の威力が小さかったため、反動も小さかったが、攻撃の威力が大きければ大きいほど、反動も大きくなることを説明した。

古代魔術の恐ろしさを自覚しはじめていたメラニーは、自分の才能がとんでもないものだと、ここにきて気づきだしていた。クインがあれだけ、自信を持てと言っていた意味もわかった。恐らく、今までのように自覚のないまま使っていたら、更なる大惨事を生むかもしれないからだ。

ゴーグにやられ、大怪我をしたクインを見てからというもの、誰かが傷つく姿はもう見たくない。だから尚のこと、魔術の扱いには慎重になる必要がある。

メラニーが考え込んでいると、オーリーが腕を組んで頷いた。

「なるほど。わしらが思っている以上に古代魔術というやつは凄まじい威力を持っていると言うことだな」

「そうだな。拘束の魔法陣も発動させるまでに相当な魔力が必要だったからな」

「え？　バーリーさん、発動することができたのですか？」

そう言えば、あれからあの魔法陣がどうなったのか聞いていなかったことを思い出す。

「ああ。あんたの言う通り、流す魔力が足りなかったのが問題だったらしい。だが、それを踏まえて実際に試してみたんだが、俺とオーリーが魔力を全開で注ぎ込んで、やっと小さな魔物を捕らえられるという程度だった」

「しかもすぐに逃げられたしな。あれでは実用化にはまだまだ程遠いわい」

「僕から見れば古代魔術の魔法陣が発動しただけ、十分な成果にも思えるけどね」

ディーノは肩を竦めて嘆息すると、メラニーに顔を向けて言った。

「それで、話を戻すけど御守りは作り直しか？」

「あ、あの……それなんですが」

第五章　魔術品評会

魔術品評会当日。メラニーは使い魔のメルルを連れて、品評会の見学に向かうディーノと一緒に会場となるコロッセオに向かっていた。

「なんとか間に合って良かったよ」

「これもディーノさんたちが手伝ってくれたおかげです。ありがとうございました」

品評会まで時間がない中、無事に披露のための新しい魔術は完成した。今度は何度も実証を繰り返し、きちんと安全性も確認してあるので大丈夫だろう。

それに今度の新しい魔術は魔物と対峙する必要のないものなので、そういった意味でも安心だった。ゴーグの一件で魔物の怖さを身をもって知ったので、できれば魔物の姿は当分見たくなかった。

「何はともあれ、無事に当日を迎えられて少し安心したよ。……実はあんたには黙っていたんだが、ここ最近、研究室の周りをうろつく人間がいてさ」

「え？」

「あんたに心配かけるからって、クイン様には口止めされていたんだけど、実はあの騒動から、クイン様の弟子が古代魔術を成功させたとか噂になったみたいで、研究室への偵察者が後を絶たないんだよ」

「それ、大丈夫なんですか？」

「まぁ、癖の強い爺さんたちがいるからね。大抵は見つかって、ボロボロになって帰っていくらしいよ。でも、中には誰もいない留守中を狙って、侵入した輩もいたみたいでさ」

「え！」

「まぁ、幸い何もなかったみたいだけど」

「……私のせいですみません」

メラニーが謝ると、ディーノは溜息を吐いた。

「なんでそこで謝るかな」

「え？」

「いいか。そもそも、あんたをあの研究室に誘ったのはオーリーさんたちなんだ。あんたが悪いわけじゃない。そこを勘違いするなよ。こんなことは言いたくないけど、あんたの作った魔術はすごいよ。だからもっと自分に自信を持てよな」

「ディーノさん……」

ディーノなりに励ましてくれているんだと気づき、メラニーは嬉しくなった。

「ありがとうございます」

「フン。……じゃあ、僕は先に会場に行くから。くれぐれも、クイン様に恥をかかせる真似だけはしないでよね」

そう言って、ディーノは足早に会場の方へ去って行った。

（そうよね。しっかりするって決めたんだもの。クイン様の隣に立っても恥ずかしくない人間になるんだから！）

首にかけていた魔力供給のペンダントを手に取り、決意を新たにした。

今日はたくさんの魔力を使うため、予め魔石にクインの魔力を入れてもらっていた。その魔石を握るとクインの魔力の波動が伝わり、まるで守られている気分になるようだった。

本来であれば、この場にクインもいる予定だったが、ケビン王子から緊急の話があると言われ、古代魔術研究室の方へ行ってしまったのだ。発表前にクインが傍にいてくれないことに心細さと不安があったが、火急の用だったようだし、こればかりは仕方ない。発表までには会場入りすると約束してくれたし、会場でクインに成長した姿を見せるため、頑張ろうとメラニーは思った。

手の中のペンダントを見つめていると、遠くの方から魔術品評会の開始を知らせる鐘の音が聞こえてきた。

「いけない。急いで控え室に行かないと。行こう、メルル！」

「――ちょっと待てよ。メラニー」

「え？」

突然、建物の陰から思わぬ人物が現れ、メラニーは足を止めた。

「やぁ、メラニー。久しぶりだな」

「……ジュリアン？　……こんなところで何をしているの？」

「何って、エミリアの応援に決まっているじゃないか」

そう言って、ジュリアンは後ろのコロッセオに目を向けた。

「さっきの男は宮廷魔術師か？　ハッ。婚約者の地位を利用して、好き勝手しているというのは本当らしいな」

「……誰がそんなことを言ったの？」

「そんなこと、誰でもいいだろう。しかし、その格好。まさか本当に品評会に出場するつもりか？」

「ええ。そうよ」

そう言えば、ジュリアンの前では魔術師のローブを纏った姿は一度も見せたことが無かった。ジュリアンといた頃は、自分が魔術師の弟子として魔術を勉強するなんて、考えてもいなかった。たった数ヵ月前のことなのに、自分の人生が大きく変わっていることにメラニーは改めて気づいた。

「――生意気な目だ」

ジュリアンに睨まれると反射的に体が竦んだ。

震えそうになる自分を叱咤し、メラニーは自分に言い聞かせるようにジュリアンに言い返す。

「私は変わったの。もう、臆病なだけの私ではないわ」

「強がりを……。それは婚約者のおかげか？　全く、どれだけ優秀な魔術師か知らないが、所詮、田舎からでてきた男じゃないか。そんな男と婚約をしたくらいで、いい気になるな」

「クイン様を馬鹿にしないで！」

「なっ！」

強い口調で口答えされたジュリアンは驚きの表情でメラニーを凝視した。

（いくらジュリアンでも、尊敬するクイン様を馬鹿にするなんて許せない）

メラニーが毅然とした態度をジュリアンに見せると、歯向かわれたジュリアンは目を吊り上げて叫んだ。

「どうせ家の力で取り入った癖に、生意気な。しかも牢屋に入れられてもまだ懲りないとみえる。古代魔術が使えるのがそんなに偉いか？　あんな古臭い魔術を研究したところで、魔力のないお前に何ができる！　エミリアもエミリアだ。お前を敵視して、この大会で披露する魔術に古代魔術を取り入れるなんてな」

「エミリアが!?　……でも、どうやって？」

古代魔術が書かれた古文書はそうそう手に入るものじゃないし、仮に手に入れられたとしても簡単には解読できないものだ。誰かが解読したものを手に入れれば別だが、一から研究することは不可能に近いだろう。

その時、メラニーの脳裏をさっきのディーノとの会話がよぎった。

「まさか――盗んだの？」

ディーノが話していた古代魔術研究室に忍び込んだ狼藉者とはエミリアが手を回した者だったのかもしれない。あの研究室の中にはオーリーたちが描いた魔法陣や、メラニーが品評会の試作用に描いた魔法陣がいくつかあった。もしも、写されたり、すり替えられたりしていたら、盗まれたとしてもわからないかもしれない。

その可能性に気づき、ゾッと背筋が凍った。

あれは素人が扱うには危険すぎる。

「何を盗んだの！　エミリアはなんの魔術を使うつもり!?」

「さぁな」

ニヤリとジュリアンは笑った。それは魔法陣を盗んだことを肯定しているも同然だ。

「教えなさい！」

メラニーの声にメルルが反応して、「シャー」とジュリアンに威嚇の声を上げた。

「チッ！　面倒な使い魔め」

　メルルの毒牙を恐れたのか、ジュリアンは後ずさりをして距離を取った。

「ジュリアン！　答えて！　古代魔術を碌に知らずに取り入れるなんて危険よ！　あれは多くの魔力を必要とするの。威力も大きい分、簡単には制御できるものではないわ」

「はっ、制御魔法はローレンス家の魔術の得意分野だ。エミリアの魔術を甘く見るな」

　このままジュリアンに訊いても埒が明かないと思い、メラニーは質問を変えた。

「エミリアはどこ？」

「もう会場だ」

「止めなくちゃ！」

「無駄だ。もう、始まる」

「……だめよ。古代魔術は新生魔術でも制御できないっ！」

　会場へ駆け出そうとしたメラニーに向けて、ジュリアンが魔法を詠唱する。

「エミリアの邪魔をするな！」

「メルルっ！」

　メラニーが叫ぶと、メルルはジュリアン目がけて毒を吐いた。

「――くそっ！」

　詠唱を妨害され、ジュリアンが怯んだ隙に、メラニーはその脇を駆け抜けた。

　駆け出したメラニーの後ろからジュリアンの叫ぶ声が聞こえた。

「急いだところでもう遅い！　もうじきエミリアの番だ。お前に彼女は止められないさ！」

一方、その頃。クインはケビンと共に先日の事件の犯人を捕まえていた。

場所は古代魔術研究室で、研究を盗む目的で侵入したところをオーリーとバーリーが捕まえたそうである。以前から不審者の話はクインも聞いていたが、彼らは品評会で留守にする今日を狙って犯人がやってくると踏んで、待ち構えていたらしい。

その読みは当たり、彼らは見事侵入者を捕らえたのだが、どうやらその侵入者が先日の犯人でもあったことがわかり、クインが呼ばれたのだった。

その犯人は宮廷魔術師の下っ端の男で、今は兵士たちに囲まれ、大人しくしていた。

クインは犯人の顔を見て、あまり面識のない男だとケビンに伝える。それを聞いて、ケビンは兵士に犯人を牢へ連行するよう命令した。

「まさか、同じ宮廷魔術師が犯人だったとはな。自供しているのか？」

「ああ。身柄をお前に引き渡すぞと脅したら、ペラペラとな。さすがは冷酷無情な魔術師と言われることはある。随分と怖がられているな」

ケビンに笑われ、クインは憮然と眉を顰めた。

「心外だ。それで誰に頼まれた？　ここに侵入したということはやはりメラニーが目的か？」

「どうやら、ローレンス家と縁の深い人間らしい」

「ローレンス家だと？　まさか、あの女が……!?」


会場のコロッセオに近づくと、既に観客の歓声が外まで響いていた。

（もう、品評会が始まっている）

メラニーは焦りを覚えながら、出場を待つ魔術師たちがいる控え室へと走った。

すると、ちょうどその控え室の入り口から赤いローブを着たエミリアが姿を現した。

「エミリア！」

メラニーはまさにこれから会場へ向かおうとするエミリアの前に立ちふさがった。

「……あら？　幽閉されていると聞いていたけれど、もう釈放されたの？」

エミリアはメラニーの姿を見て、白々しく言った。

「……ジュリアンに会ったわ」

メラニーが静かに言うと、エミリアは目を細める。

「じゃあ、ジュリアンには止められなかったのね。しかも、その様子を見るに彼ったら話したのかしら?」

「ええ。聞いたわ。これからあなたが何をしようとしているかも」

「もう、全部話しちゃったのね。まったく。おしゃべりなんだから。だめな人。ま、そういうところも好きなんだけど」

そう言って、エミリアは妖艶に笑った。悪事を暴かれたというのに、その表情は余裕そのものだ。そんなエミリアに対し恐怖を覚えたが、どうしても訊かなければいけないことがあった。

「エミリア。……ゴーグをけしかけたのも、あなたなの?」

「どうかしら?」

エミリアは悠然としたまま笑みを崩さない。

とぼけてはいるが、そうであることをメラニーは悟った。

「どうして——こんなことをするの?」

親友に命を狙われていたという事実に泣きそうになりながらも、メラニーは訊く。甘いと思われても、どうしてもエミリアがあんなことをしただなんて、認めたくなかった。

しかし、そんな困惑するメラニーに、エミリアは呆れたように笑みを消した。

「あなたが目障りだったからよ」

その凍るような見下した目にメラニーは息を呑む。

「……友達だと思っていたのは私だけだったの？」

「――この期に及んで、まだそんなこと言うのね。当たり前じゃない。名門スチュワート家に生まれながら、私よりも魔力も才能もないあなたがずっと憎たらしかったわ。あなたなんて、ジュリアンにもクイン様にも相応しくないのよ。家柄だけでその地位にいるくせに、でしゃばらないで！」

「エミリア……」

「今でこそ、ローレンス家は貴族の仲間入りもしたけれど、そこに至るまでどれほど大変だったか、箱入り娘のあなたにわかるかしら？　貴族になっても周りからは成り上がりと馬鹿にされ続けてきたわ。名家としての地位、非の打ちどころのない婚約者、私が欲しいものを全部もっていたあなたが憎かった。そんなあなたと一緒にいて、私がどんな気持ちだったかわかる？　だから、私、あなたの大切な物を奪ってやろうと思って、ジュリアンに近づいたの」

エミリアは憎しみを帯びた瞳でメラニーを真っ直ぐ睨んだ。

「なのにあなたときたら、惨めに泣いているかと思えば今度はあのクイン様と婚約？　しかも、古代魔術を使った魔術で将来を期待されているとか。……本当に目障りな子」

「……それで古代魔術研究室に盗みに入ったの？」

「ええ。そうよ。ちょうどいい魔法陣があって好都合だったわ。あれは魔力の乏しいメラニーには使えないものでしょう？」

「エミリアにも使えないわ。古代魔術は本当に危険なものなの」

「あら、ローレンス家の新生魔術を舐めないでくれる？　あなたですら古代魔術を使えるのですもの、私ならもっとうまく使えるわ」

「そんなに簡単に扱えるものじゃないわ！」

「魔法学校にも通えなかった落ちこぼれが、口を出さないで！」

エミリアが叫び、腕を振り上げた。

頭上に掲げる彼女の手から赤く燃える火の玉が出現し、メラニーは顔色を変える。

(無詠唱の攻撃魔法――っ！)

気づいた時にはエミリアの手から眩い火の玉がメラニー目がけて放たれた。

「――っ！」

素早い攻撃に咄嗟に動くこともできずに、腕で顔を覆った次の瞬間。

メラニーの前に白い塊が飛び出してきた。

「――メルルっ⁉」

主人を身を挺して守り、火の玉をまともに食らったメルルが地面に倒れ落ちた。

「メルルっ！」

　メラニーが地面に伏したメルルに近づくと、体の一部を焦がしながらも、メルルは目の前を威嚇していた。

（――エミリア！）

　しかしメラニーが顔を上げたとき、既にエミリアは背を向け、会場の入り口へ駆け出していた。

「エミリアっ！　待って！」

　慌ててメラニーはエミリアの後を追いかけた。しかし一歩早く、エミリアはコロッセオの中へ入って行ってしまう。エミリアの赤いローブを追いかけて、メラニーも中に入ろうとしたのだが、入り口を警備していた兵士に止められる。

「おっと。発表者以外の人間は中に入れないんだ」

「放して！　彼女を止めないと危険なの！」

「だめだ。部外者は立ち入り禁止だ」

「部外者じゃないわ！　私も出場者よ。彼女は魔法陣を盗んで」

「そういうのは主催側に抗議申請して」

「待って、話を聞いて。私が言いたいのは、彼女の発表は危険だと言うことで――」

　懸命に説明をしようとしたが、兵士はこちらの話をまるで聞こうともしなかった。

「結界が張られているから問題ないさ。参加者なら大人しく自分の出番まで待つんだな」

あまりにしつこいと思われたのか、最終的には押し出されるようにして、会場の外へと投げ出されてしまった。

投げ出された衝撃で地面に転がったメラニーはもう一度兵士に縋ろうとするも、今度は騒ぎを聞きつけた別の兵士がやってきて、入り口を厳重に守り固めだす。こうなってしまってはここを通してもらうことは無理そうだ。

しかし、なんとしてもエミリアを止めなければいけない。彼女が盗んだ魔法陣をどのように改良したかわからないが、いくら改良したところでその基礎となるのは古代魔術だ。魔法陣の発動が不発に終われればいいが、もし発動したら、どんな被害が出るかわからない。

（でも、どうやって止めればいいの？　私一人ではこの兵士たちを説得して中に入ることはできない。……こんな時、クイン様がいたら。――そうだ、クイン様なら！）

メラニーはクインを求め、踵を返した。

「行こう。メルル！」

怪我を負ったメルルを拾い上げ、メラニーは急いでクインのいる古代魔術研究室へと向かった。

「では、次の出場者。エミリア・ローレンス」

名前を呼ばれ、赤のローブに身を包んだエミリアは足を踏み出した。

コロッセオの入場ゲートを抜けると、眩い光と共に観客席から大勢の視線がエミリアに注目した。観客席の中央に座るのは、この国の王をはじめとする上流階級の貴族たちだ。

エミリアは微笑むと、その観客席に向けて優雅に一礼をする。

「準備を」

近くに控えた兵士の言葉に、エミリアはローブの中から丁寧に折り畳まれた羊皮紙を取り出し慎重に地面に広げた。羊皮紙に描かれているのは古代魔術の原理をローレンス家が研鑽を重ねた新生魔術で応用した誰も見たことのない新しい魔法陣だ。

古代魔術の部分は宮廷魔術師の研究室から盗み取ったものだが、碌に管理もせず、盗まれる方が悪い。それに、魔力を持たないメラニーでは決して発動することのできない無用の長物だ。それならば、第三者が使ってあげた方がこの国にとっても有益だろう。

はっきり言って自信はある。

数回、町の外に出没する魔物で実践も行い、上手く魔法陣が発動することも確認済みだ。先程、メラニーがエミリアにも使えないと喚いていたが、所詮、魔術を使えない者のやっかみだろう。

(見ていなさい、メラニー。あなたと私とでは格が違うことを証明してあげるわ)

エミリアは静かに息を吐くと、不敵な笑みと共に兵士に言った。

「準備できました。いつでもどうぞ」

エミリアの宣言を受け、控えていた兵士が合図を送ると、観客席と競技場の間を結界魔法がドーム型に広がった。これで完全に外部からは干渉できなくなった。

しばらくして、エミリアから見て左手の入り口から魔物の雄叫びが聞こえた。

目を向けると、巨大な猿型の毛深い魔物が唸り声を上げて場内に姿を現した。随分と興奮しているようで、赤く充血した目をギラつかせ、首を左右に振りながら、両手を地面に叩きつけていた。その衝撃で軽く地面が揺れる。

（獲物はガルバドか。随分と大型の魔物に当たったけれど、逆に見栄えがしていいわね）

ガルバドは競技場の隅に佇むエミリアを見つけると、警戒するように距離を取りながら威嚇の咆哮を上げた。

「いいわ。来なさい」

エミリアは片膝をつき、両手を魔法陣の前に広げると、目を閉じて呪文を唱える。

呪文を口にしていく度に体の中を魔力が熱く巡る感覚が強くなり、両手から魔法陣に流れていくのを感じた。

（さすが、古代魔術ね。魔力量を抑える秘術を持つ新生魔術を組み込んでもなお、魔力が吸い込まれていく感覚が強い。——でも、新生魔術は魔力の流れを精密に操ることを基礎

としているの。これくらい問題ないわ）

一定の魔力が流れ終わると、すぐに体内の魔力の流れが落ち着き、エミリアは想定していた通りの反応に微笑んだ。そして目を開け、魔法陣が淡く光を纏っていることを確認する。

（発動条件は整った。さぁ、いくわよ！）

「――拘束の鎖よ！　魔物を捕らえなさいっ！」

立ち上がったエミリアに呼応するように魔法陣から二本の鎖の矢が出現し、魔物目がけて飛び出した。

「ぐがっ⁉」

その鎖の矢は興奮するガルバドの体をがんじがらめにするように絡みつき、あっという間にその体を拘束した。両手足を縛られたガルバドの体がぐらりと地面に倒れる。

「おおっ！」

観客席から感嘆の声が上がった。会場内の全ての人間がエミリアの繰り出した魔術に目を奪われていた。

その様子にエミリアは満足し、フフフと笑った。

通常、魔物を捕らえる時、ある程度攻撃をして弱らせてから捕獲するか、強力な眠りの魔法を使うしかない。どちらも宮廷魔術師のような優秀な魔術師しかできない芸当だ。それをたった一つの魔法陣によって、これほど大型の魔物を拘束することができるのだ。しかも魔物を傷つけることなく生け捕りにすることができれば、多くの研究や素材回収にも貢献できる。

これがどれほど価値のある魔術か、会場にいる魔術師たちの反応を見れば一目瞭然だろう。

(ありがとう、メラニー。これで私の評価もまた一段高くなるわ)

エミリアが将来の明るい展望を描いたその時、不意に体に異変を感じた。

——ぞくり。

体の奥から魔力がごっそり抜かれる感覚に、エミリアは思わずその場に膝をつく。

「——えっ?」

魔法陣に引っ張られるように両手から魔力がどんどん流れていく。

(何? 何なの!? こんなこと、練習では無かったのに。もしかして……相手にする魔物の力が大きいから!?)

魔法陣から体を離そうにも、強力な引力に引っ張られるように魔力が流れ続け、体から力が抜けて動くことすらできない。

(ま、まずいわ)

全身が急速に冷えていくような感覚にエミリアは恐怖を覚えた。

「お、おい。何か様子が変だぞ」

　異状に気づいた場内の観客から不安げな声が上がる。術師の様子もそうだが、拘束されているはずのガルバドの様子もおかしい。観客たちは息を呑んで、ガルバドの体が震える姿に注目した。

　エミリアもまた魔法陣に魔力を取られながらも、力を振り絞って顔を上げた。驚くことに魔物を拘束する鎖に大きなヒビが入り始めた。

（そんな！）

　ガルバドの唸り声と共に、拘束していた鎖が無残にも割れ散った。キラキラと粒子を散らすように魔術の鎖は宙に消えていく。拘束が解け、自由になったガルバドがゆっくりと起き上がった。そして、今までの怒りを放出するかのように天に向かって咆哮した。

　凄まじい迫力に会場内がシンとなる。

　誰もがこの異常事態に茫然としていた。魔物が酷い興奮状態なのは明らかだ。毛深い両手で何度も地面を叩き、体を左右に揺らしながら目をぎらつかせていた。注目すべきはその体つきだ。ガルバドの体は拘束前よりも一回り膨らんで見えた。

（もしかして、鎖から魔力を吸い取ったの⁉）

　エミリアが想定した以上に魔物の力が大きく、こちらの魔力を遥かに上回っていた。それ故に、魔力量で力負けをしてしまい、本来なら拘束するはずの魔力の鎖から逆にガルバドの方に魔力が流れてしまった。普通ならそんなことはありえないのだが、解明しきれていない古代魔術が関係しているのなら、考えられる話だ。

エミリアは今置かれた状況を把握し、愕然とする。

「おい、品評会を中止しろ！　魔物を倒すんだ！」

観客席にいたダリウスが異変を察して叫んだ。会場を守る兵士たちが指示を受け、控えていた宮廷魔術師の軍団も競技場内に入ってくる。そして、彼らは暴れるガルバドに向けて、攻撃魔法を一斉に放った。だが……。

「なっ!?　攻撃魔法が効かないだと!?」

なぜか魔術師たちが放った魔法をガルバドの体は簡単に打ち返してしまった。

その様子を見ながら、エミリアは何が起こっているのか考える。ガルバドに古代魔術を介して魔力がそのまま流れてしまったのであれば、なんらかの変異が起こっていたとしてもおかしくはない。それが、攻撃魔法すらも阻む力だったとしたら……。

興奮したガルバドは自分の周りを囲む魔術師たちを睨むと、長い腕を振り回し、彼らをなぎ倒した。そして、競技場の隅に倒れたエミリアにその視線を向ける。

（――っ！　まずいっ!!）

標的となったエミリアにガルバドが突進してくる。だが、魔法陣に魔力をごっそり吸いとられたせいで、体が動かない！

「エミリア！」

騒然とする会場で、ジュリアンの声が響いた。


「クイン様っ！」

メラニーが古代魔術研究室の扉を開けると、部屋に集まっていた人間が一斉に顔を向けた。

「メラニー!?　どうしてここに!?　会場に向かったんじゃ……。腕に抱いているのはメルルか？　その怪我はどうした！」

会場に向かったはずのメラニーが弱ったメルルを抱いて息を切らした状態で部屋に入って来たのを見て、クインは慌てて駆け寄った。

クインの声を聞いて、メラニーは緊張の糸が切れたように、クインの体に縋りつきながら座り込んだ。

「メラニーっ!?　大丈夫か！　何があった!?」

「クイン様……エミリアが……」

メラニーの口から出された人物の名に、クインとケビンは表情を強張らせ、顔を見合わせた。

「ローレンス家の令嬢がどうした！」

ケビンの問いかけに、メラニーは瞳に涙を浮かべ、声を震わせながら答えた。

「全部、彼女が仕組んだことでした」

「……そのようだな」

「え？」

「実は今、先日の襲撃事件の犯人が捕まってね。犯人はローレンス家に縁のある宮廷魔術師だった。その犯人はこの研究室に忍びこみ、君の研究を盗もうとしていたようだ」

「じゃあ、エミリアの言っていたことは本当だったのね……」

ケビン王子の言葉にメラニーは項垂れた。

エミリアが本気でメラニーを狙っていたこと、それほどまでに恨まれていたこと、その事実が重く伸し掛かった。

「私、何も気づかなかった……。彼女から憎まれていることも、あんな風に思われていたことも……」

肩を震わせながら泣き出すメラニーをクインは落ち着かせるように抱きしめ、その背中を擦った。

「メラニー。とりあえず、メルルの怪我を治そう」

そう言って、クインはメラニーの腕の中からメルルを慎重に受け取ると、回復魔法をかける。クインの手から放たれた淡い光が、焼け焦げたメルルの皮膚を元の白い状態に戻すのを眺め、メラニーはようやく心が落ち着くのを感じた。

「――メラニー。辛いと思うが、何があったのか教えてくれ」

クインに促され、メラニーはハッと顔を上げる。混乱して取り乱してしまったが、今は一刻を争う状況であることを思い出す。

「クイン様っ！　早くエミリアを止めないと！　エミリアが盗んだ魔法陣を使おうとしています！　あれが使われる前に品評会を中止にしてください！」

「なに！」

一同が驚きに息を呑んだ時、研究室の窓をけたたましく叩く音が響いた。

何事かとそちらに顔を向けると、窓の外で一羽の大型の鳥が飛びながら、鉤爪で窓ガラスを叩いていた。その鳥を見て、メラニーが叫ぶ。

「あれは叔父様の使い魔だわ！」

窓の一番近くにいたバーリーが急いで開けると、使い魔の鳥が部屋の中へと入ってきた。そして天井近くをぐるぐると飛びながら、人の声を発した。

『クイン君！　緊急事態だ』

緊迫した声はダリウスのものだった。

ただならぬ様子の声にメラニーたちは顔色を変えて、その使い魔に注目する。

『ローレンス家の令嬢の魔法が暴発した！　今、会場の魔術師たちで結界を張っているが、魔物が暴れて危険な状態だ。なぜかこちらの攻撃も効かず困っている。すぐに応援を頼む！』

使い魔の鳥は言い捨てるように話すと、今度はケビン王子の頭上を回って、似たような状況説明を繰り返し、すぐさま、また窓の外へ飛び出していった。

「どうやら関係者に連絡を回しているらしいな」

ダリウスの使い魔が飛んでいった方向を見て、ケビンが呟いた。

「きっと騎士団長のところにも飛んでいくだろうが、一応私の方からも伝令を回しておこう」

「救護班の準備も頼む」

「ああ、わかった」

クインの言葉にケビン王子は頷くと、控えていた側仕えたちに命令を出した。

「クイン様！　大変です！」

そこへ、先に会場に向かっていたはずのディーノも戻ってきた。

ディーノは肩で息をしながら、会場が大変な騒ぎになっていることを説明する。

「ああ。ちょうど今、他からも連絡があったところだ」

「暴れている魔物はガルバドです。魔術師たちの攻撃魔法がまったく効かなくて、会場内はパニックになっています」

「陛下は？」と、ケビンが訊く。

「陛下は先に避難されて無事です。しかし、会場にはたくさんの観客がいるため、全員の避難はできていません。……それと」

ディーノは言いにくそうにオーリーとバーリーの方に顔を向けた。

「術者が使ったのは、拘束の魔法陣でした」

「なにぃ！」

「まさか、あれを盗んでいたのか!?」

オーリーとバーリーは急いで保管していた魔法陣を探し始めた。

「ない！　ないっ！　作りかけのやつが何枚か無くなっておる」

「しかも、研究発表用の論文まで一緒に無くなっているぞ。あれを読んでしまったら、古代魔術に精通していなくても魔法陣が使えてしまう可能性があるぞ」

「えっ！　盗まれているものは無いって言っていたじゃないですか。ちゃんと確認してくださいよ！　……発動したってことは、きっとその論文を読んだんだ。けれど、不完全だったから失敗したのか？」

「失敗？　ディーノさん、何が起こったのですか？」

「途中でガルバドを拘束していた鎖が切れたんだ。それでなぜかガルバドの凶暴性が増して大変なことになっている」

「凶暴性が増す？　……一体どうしてそんなことが起こったのかしら？」

メラニーが考え込むと、ディーノは叫ぶ。

「今は考えている場合じゃないだろう。クイン様！　急いで会場へ行きましょう」

「ああ、そうだな」

「――待ってください」

部屋を出ようとするクインたちをメラニーが引き留めた。

「メラニー？」

「待ってください。魔物に攻撃魔法が効いていないのですよね。……恐らくそれは古代魔術が関係していると思います。エミリアが使った拘束の魔法は自分の魔力を利用して相手の動きを封じ込むもの。推測するに、エミリアはその魔法陣に新生魔術を取り入れているはずです。ですが、小さい魔物相手なら、もしかしたらエミリアの魔力でも制御できたでしょうけど、相手は大型のガルバド。いくら新生魔術を組み込もうとも、元の魔力量があまりにも違いすぎます」

メラニーは見学の際に見た、ガルバドの姿を思い出す。集められた魔物の中でもガルバドは最大級の大きさだった。体内に保持している魔力量も桁違いだろう。

「魔力で負けた場合はどうなる？」

「魔法陣に送り込んだ魔力が拘束の鎖を介して相手の魔力回路に組み込まれます。恐らく、ガルバドの中で古代魔術の力が作用しているため、普通の魔法が効かないのだと思います」

「では、どうすれば……」

「暴走したガルバドを止めるには、取り込んだ魔力を取り除く魔術を使うしかありません」

「そんなことができるのか？」

「原理はエミリアが使った魔法陣と同じなので、少し書き換えれば……」

「書き換えるって……。今から魔法陣を作り直すつもりか!?　いくらなんでも即興で魔法陣を作るなんて無茶だ」

話を聞いていたディーノが叫んだ。

「でも、それしか方法は思いつきません！」

「間に合うのか？」

「理論は頭の中に入っています。ただ、より強力な魔法陣にしないと太刀打ちできないので、少し道具を使わせてください。……あれって、全属性強化の入った布ですよね」

メラニーは部屋の中を見渡すと、壁に飾ってあった羽根で織られた虹色の布を指さした。

それを見て、慌てた声を上げたのはバーリーだ。

「それはだめだ！　あれはカプラスラトラの羽根で織った布だぞ！　何に使うつもりだ！」

「羊皮紙の代わりに魔法陣の土台にします！」

「そうか。これを土台にすれば、属性値が一気に跳ね上がるというわけか」

「おいっ、クイン！　何をしている!?」

クインがメラニーの説明を聞いて、壁から布を剝ぎ取り始めたのを見て、バーリーは悲鳴を上げた。

「それだけは勘弁してくれ！　俺の大事なコレクションだぞ！　それはいざという時のために使おうと思って大枚を叩いて買ったんだ！」

「今がそのいざという時でしょう。ここで使わないでいつ日の目を見ると言うのです」

クインが布を剝ぎ取っている間にメラニーは棚の中を物色しはじめる。それを見て、今度はオーリーが叫んだ。

「そっちの棚はわしのコレクションだぞ！　何をする！」

「あった！　このインクを使わせて頂きます！　これを使えば威力が大幅に増すはずです」

オーリーの声を無視して、メラニーは棚から一つのインクを取り出した。

「ひぇ！　そのインクはわしが四半世紀かけて作った汗と涙の結晶だぞ！　フェズラの角と牙を配合した最高級品を使わせるわけには――」

メラニーからインクを奪おうとするオーリーを今度はディーノが羽交い締めにした。

「まぁ、まぁ。老い先短いんだし、今使わなかったら一生使わないんだから、いいじゃないですか」

「くそ！　ディーノ！　放せ！」

「メラニーっ！　今のうちにやれ！」

「はい！」

メラニーはオーリー手製のインク瓶の蓋を開け、躊躇することなくペン先を突っ込んだ。

その間にクインがテーブルの上に虹色の布を広げていく。

「いきます！」

そう言って、メラニーは布に魔法陣を描き始めた。

「ああ、わしの研究の集大成が……」

「俺の大事なコレクションが……」

ヘナヘナと床に崩れ落ちるオーリーとバーリーの肩をケビンが叩く。

「これが成功したあかつきにはお前たちにもそれ相応の褒賞を贈ろう」

「……約束でございますよ？」

「絶対ですからな」

第六章　新しい魔法

皆から注目される中、メラニーは迷うことなくペン先を走らせ、魔法陣を描いていた。

その手が生み出す魔法陣に一同は唖然として息を呑む。

「すごい……」

「そんな応用が……」

「ああ、でも理に適っているな」

メラニーの描く魔法陣を眺めながら、ケビンはそっと隣のクインに訊いた。

「いけると思うか？」

「理論上は」

「これで失敗したらただではすまないぞ」

「だが、この中で古代魔術に一番精通しているのは彼女だ」

見守られる中、メラニーは最後まで描ききり、魔法陣が完成した。虹色の布の上で魔法陣が金色に淡く発光するのを見て、メラニーは静かに息を吐く。

「できました」

完成した魔法陣を見て、クインもそこに描かれた内容を改めて確認する。

「発動の条件は問題ないと思う。……だが君にこれが扱えるか？」

「どういうことだ？　クインが使うわけにはいかないのか？」

ケビンの問いにクインは険しい顔で答える。

「……魔法はイメージが重要になる。魔法陣はあくまでもその補助だ。これを見てどういう魔法かはだいたいの想像はつくが、古代魔術が組み込まれているからな。使えるかどうかはわからない」

クインはそう言って、メラニーを見つめた。

「――私がやります。これは私にしかできないことです」

クインの視線を受け、メラニーは覚悟を決めた顔で頷いた。

「本当に大丈夫か？　これで君の魔法まで暴走したらもはや止める手立てはないぞ」

厳しい声でケビンは言った。

その言葉に重圧が伸し掛かった。けれど、やるしかない。

「私はメラニーを信じている」

そんなメラニーの肩を叩くのはクインだった。

「クイン様――」

「私も全力で補佐をしよう」

クインの言葉にケビンもやれやれと頭を掻いて、溜息を吐いた。

「……どの道、今は他の方法もないか。わかった。お前たちに任せる。しくじるなよ」

「ああ」

「はい！」


他の対応に回るケビンたちと別れ、メラニーはメルルを連れて、クインと先にコロッセオへと向かった。会場に近づくと、入り口から大勢の観客たちが我先にと逃げ出す姿が見えた。その人の流れに逆らうようにメラニーたちは競技場へと入る。

中に入って、まずメラニーの目に飛び込んできたのは魔法結界の中で暴れているガルバドの姿だった。宮廷魔術師や騎士たちがガルバド相手に応戦しているが、歯が立たないのか苦戦を強いられているのがわかった。

観客席を見渡せば、こちらも混乱の真っ只中で、逃げ惑う人々の悲鳴や怒号が飛んでいる状態だ。そんな阿鼻叫喚の様子にメラニーの顔から血の気が引いていく。

「メラニー！　クイン君！」

茫然とするメラニーたちのもとへダリウスが走って来た。

「叔父様っ！」

メラニーは叔父が無事であったことに一先ず安堵し、ダリウスに駆け寄った。

「状況は？」

クインが観客席の端で結界魔法を詠唱している魔術師たちの姿を見ながら訊ねた。どうやら会場を警備していた宮廷魔術師だけでなく、観客として来ていた貴族たちも協力して結界を張っているようだった。

しかし、ガルバドはその結界を破ろうとしているらしく、何度も結界に大きな拳をぶつけていた。結界内にいる魔術師や騎士たちが攻撃をしてガルバドの注意を逸らそうと試みているが、既に結界には大きなヒビが入っていた。あのままでは直に結界は破られてしまうだろう。

「今、結界を張って魔物を閉じ込めているが、状況は芳しくない。何しろ、どういうわけだか、こちらの攻撃魔法が効かないんだ」

「攻撃が効かないのは、魔物の体内に吸収された古代魔術のせいです」

「メラニー！　原因がわかるのか？」

驚きの目を向けるダリウスに対し、メラニーは顔を曇らせて答えた。

「エミリアが古代魔術の魔法陣を盗んだんです」

「……なんと愚かな」

驚きと怒りのあまり言葉を失うダリウスにメラニーは言う。

「叔父様。私がガルバドをなんとかします」

「できるのか!?」

「正直、上手くいくかわかりません……。ですが、止めないと」

「教授、今は詳しく説明している時間はありません」

「……ああ、わかった」

クインが結界の中に入れる場所を訊くと、ダリウスはメラニーたちを案内した。

結界に近づくと、競技場の端に人影があることにメラニーは気づいた。

「あれは、エミリアと——ジュリアン!?」

目を凝らしてみれば、地面に倒れたエミリアをジュリアンが盾になるように庇いながら二人分の小さな結界を張っていた。幸い、今は他の魔術師たちがガルバドの気を逸らして
いるお陰で無事なようだが、意識を失ったエミリアを動かせないらしく、焦った様子のジュリアンの姿が見えた。

結界の中に入ったメラニーたちは少しでもガルバドの注意が二人に向かないように、彼らとは離れた位置に陣取ると、準備を始めた。

「メラニーの魔法が整うまでの間、私が魔物の気を引こう。教授はその間に応戦している彼らを一旦、退却させてください」

「退却させて大丈夫なのか？」

「万が一の際、被害を拡大させないためです。ガルバドの気を引くだけなら私一人で十分ですから」

「そうか。わかった。だが、無茶はするなよ。それと……メラニーを頼む」

「はい」

ダリウスが離れると、クインはメラニーに向き直った。

「メラニーは魔法陣の準備を。それとメルル。お前はメラニーを守れ」

メルルはクインの言葉に「シャー」と応えると、メラニーの前を守るように警戒態勢に入った。

「クイン様」

メラニーはクインを見上げ、心配そうに名前を呼んだ。その顔に不安と恐怖が入り混じっていることに気づいたクインはそっとメラニーの頬に手を伸ばす。

「大丈夫だ。自分の力を信じろ」

そう言って、メラニーの頬を撫でると、安心させるように微笑んでみせた。

「――はい」

クインの紫色の瞳を正面から見据え、メラニーは頷く。

メラニーは覚悟を決めると、手にしていた魔法陣を地面に広げ、その前に立った。その様子を見て、クインは魔物へ視線を向ける。

「私が注意を逸らしている間に準備を終えろ」

「はい！」

クインは白のローブと長い黒髪を翻し、ガルバド目がけて駆け出した。その手には既に高位魔法である光の玉を生み出しており、ガルバドの顔に向かってそれを投げつけた。

「ぐおおおっ！」

光の閃光をまともに食らったガルバドは呻き声を上げながら、両手で顔を覆い悶絶する。

「今のうちに退却を！」

クインが叫び、ダリウスが魔術師や騎士たちを先導した。

しばらくして目が回復したガルバドは激怒してクインに向けて雄叫びを上げた。しかし、クインは怯むことなく、冷静に次の攻撃魔法を放った。

「……すごい」

ガルバドとクインの激しい攻防がビリビリと肌に伝わり、メラニーは唖然と目を見張った。その恐ろしさに体の芯まで凍りつくようだった。だが、クインがガルバドの注意を引き付けている間にやらなければいけない。

メラニーは自分を落ち着かせるように深く息を吐き、胸のペンダントに意識を向けた。宝石から魔力が流れ込んでくるのがわかる。全身に魔力が行き渡るように全神経を集中させる。

魔法の発動で一番大切なことはイメージの力だ。メラニーはこれから繰り出す魔法を頭の中で精密に思い浮かべた。

（大丈夫。きっとできる）

そして、ゆっくりと片膝をつくと、魔法陣に両手で触れた。すると、それに呼応するように魔法陣が淡い光を浮かべた。

想像より強い力で自分の魔力が魔法陣へ流れていく感覚に一瞬体が怯んだ。その引力に比例して、魔力供給のペンダントからクインの魔力が体内に流れ込んでくる。自分の体を通して溢れ出てくる魔力の強さに怖さが沸き上がってきた。

（魔力がどんどん魔法陣に吸いとられていく……。練習も無しにこんなに大きな魔法。失敗すればクイン様や叔父様たちだけでなく、会場にいる全ての人を危険に晒すかもしれない。……怖い。けれど——）

メラニーは顔を上げ、会場の隅で倒れたエミリアを庇って結界を張り続けるジュリアンの方へと目を向けた。

（エミリアを暴走させたのは、私にも責任がある。無知で、自分の殻に籠り続け、それを周りがどう思っているか考えてこなかったのは私だ。全部が全部、自分のせいだとは思わないけれど、私の問題が引き起こしたことでもある。だから、これは私が止めないといけない！）

メラニーは息を整えると、ゆっくりと発動のための呪文を唱え始めた。

（――それに、私を信じてくれる人がいる）

攻撃魔法を果敢に繰り出しながら、全力でガルバドの注意を引き付けているクインの姿を見る。

（――その期待に応えたい！）

メラニーは詠唱を終えると、顔を上げた。

「クイン様！　下がってください！」

声を上げると最後の魔力を魔法陣に注いだ。

メラニーの声に反応し、クインは素早くガルバドから距離を取った。

「行け！　メラニー！」

「はいっ！」

メラニーは正面に立つガルバドに視線を合わせる。

興奮したガルバドの赤く血走った目がメラニーの方を向いた。

「――大人しくしなさいっ！」

メラニーが叫ぶと魔法陣が眩しい光を放ち、四本の虹色に光る鎖が飛び出した。

「ゴォオオオっ！」

一直線に放たれた鎖はガルバドの体を捕らえると、その巨体をがんじがらめに拘束する。その鎖はエミリアが放ったものによく似ていたが、縛り上げる力は比較にならないほど強大だ。傍から見てもわかるくらいにギリギリとガルバドの体をキツく締め上げ、暴れ動くことを許さない。しかし、体の動きを封じられたガルバドはそれでもなお下肢を踏ん張り、倒れることを拒否していた。

「……ぐっごっぐ」

拘束の鎖はガルバドの体内から魔力を吸い上げていき、やがてガルバドの口から泡が溢れ、肥大した体が少しずつ縮小し、元の大きさへと戻っていった。

その力は強大で、魔法陣に魔力を送り続けているメラニーもまた額に汗を浮かべていた。古代魔術の力を取り込んでいるガルバドの本能が鎖に抗おうとしているのか、逆に魔力が引っ張られていく感覚にメラニーは歯を食いしばって耐える。

ペンダントから流れるクインの魔力がメラニーの体を通して魔法陣へと流れるが、その体内を駆け巡る目まぐるしい魔力の流れに体が悲鳴を上げていた。

(早く、倒れて――)

メラニーの額から大粒の汗が流れた。

視界が滲み、もう限界かというところで不意に相手の力が途切れた。

「――っ!」

引っ張られていた魔力の流れが切れ、ぐらりと前のめりになったメラニーの体を駆けつけたクインが抱きしめる。

クインに支えられたメラニーの目に、力尽きたガルバドが地面へと倒れる姿が映った。

轟音と共に暴れ回っていた魔物が倒れ、会場が静寂に包まれる。

「……やったのか？」

「……そう、みたいです」

クインの胸に頭を預け、肩で息をしながらメラニーは頷いた。

ガルバドがもう動かないことに気づいた場内の人間がどよめき、そしてそれは大きな歓声となって爆発した。その喜びに沸いた声を聞き、メラニーはヘナヘナと座り込んだ。

「メラニーっ!?」

「……大丈夫です。終わったと思ったら、力が抜けちゃって……」

「相当な無茶をしたからな。今、回復魔法をかけるから待ちなさい」

そう言って、クインは回復魔法をメラニーにかける。あれだけの攻撃魔法を連続して繰り出していたはずのクインだが、まだまだ余裕があるようだ。

（やっぱりクイン様はすごいな……）

クインの唱える温かな光に包まれ、メラニーの体力が回復していった。

「ありがとうございます」

「立てるか？」

「はい」

クインに支えられながら立ち上がると、メラニーは改めて混乱した会場を見渡した。

そこにはガルバドとの戦いで傷ついた兵士の姿や、倒れ込んだ魔術師や貴族の姿もあった。場内に残った観客も心労からか皆疲れた顔をしている。

ボロボロになった会場全体を見渡して、メラニーはクインに言った。

「あの、クイン様。もう一度だけ力を貸してくれますか？」

「……何をする気だ？」

心配するクインにメラニーは「大丈夫です」と微笑み、傍で見守っていたメルルに声をかける。

「メルル。あれを出してくれる？」

メラニーがそう言うと、メルルは体を震わし、自身の体から大きな筒を吐き出した。

「……何だ、それは」

メルルの口から出てきた体液まみれの筒を見て、クインは顔を引き攣らせた。

「落とすといけないので、品評会で披露する魔法陣をメルルの中に入れていたんです」

「使い魔の体の中で魔法陣を管理するのは君くらいだな」

メラニーはいそいそと筒を開け、中にしまっていた羊皮紙を取り出した。

「今からこれを使おうと思うのですけど……」

メラニーは羊皮紙を広げ、そこに描かれた魔法陣をクインに見せた。

「ああ。なるほど」

メラニーの描いた魔法陣を見て、彼女がやろうとしていることを把握したクインは心配そうな顔を向けた。

「確かにそれは今披露するに相応しい魔法だが……。しかし、大丈夫か？」

「はい。クイン様に回復魔法をかけてもらったので、大丈夫です。でも、ペンダントの魔力が空になってしまったので、もう一度魔力を入れていただいてもよろしいですか？」

メラニーのやる気に満ちた瞳にクインはやれやれと溜息を吐いた。そして、メラニーからペンダントを受け取ると、魔力を注ぎ入れる。

「ほら」

クインから手渡された魔石が魔力で満たされていることを確認し、メラニーは頬を綻ばせた。

「ありがとうございます！」

メラニーは嬉々としてペンダントを着け直すと、魔法陣を広げ、詠唱の準備を始めた。

今度の魔法は魔術品評会のために何度も練習したものだ。発動のイメージは全て体が覚

えている。さっきよりも安心した気持ちでメラニーは魔法陣に魔力を流した。

魔力を一定量流したところで、羊皮紙から魔法陣が宙に浮かび上がり、それに合わせるようにメラニーはゆっくりと立ち上がった。

「さぁ、皆に光を届けて」

そう優しく言って、メラニーは魔法陣を発動させた。

柔らかな淡い緑色の光の粒子が会場全体に広がっていた。

その光は傷ついた人間のもとへふわりと届き、その傷を癒していく。ある者はガルバドにやられた傷が塞がり、ある者は恐怖と不安で疲れた心を癒されていた。それはとても幻想的な光景だった。

人々はこの不思議な光景に唖然とし、会場全体を覆う広範囲の回復魔法を展開させる一人の少女に注目していた。

競技場の隅で、気を失ったエミリアを介抱していたジュリアンもその一人だ。

まるで神々しい女神のように人々を癒すメラニーの姿は、自分の知る少女とあまりにもかけ離れていた。あれがいつもおどおどとしていたメラニーだとは信じられない。

「……いつの間に、こんなすごい魔法を」

会場全体に広がる規模の回復魔法など聞いたことがなかった。

そんなメラニーの姿に目を奪われていたジュリアンに後ろから声がかかる。

「君が馬鹿にして捨てたスチュワート家の令嬢はとんでもない才能の持ち主のようだ。残念なことをしたな、オルセン家の御子息」

驚いてジュリアンが振り向けば、そこには兵を連れたケビン王子が立っていた。

「王子……」

唖然とするジュリアンにケビンは冷たい視線を向けて言う。

「君の婚約者が何をしたか、わかっているな」

「――っ」

「どうやら君にも色々と話を聞かなければいけないようだ」

ケビンの厳しい言葉にジュリアンは諦めたようにがっくりと肩を落とした。

と、そこへ淡い緑色の光がふわりとやってきて、ジュリアンの膝の上で眠るエミリアの体を優しく撫でるように癒していった。

「……うっ」

意識を失っていたエミリアが小さく呻き、薄く瞼を開ける。

「エミリアっ！　気がついたか!?」

視界の端に温かな光が映し出され、エミリアはぼんやりとした目でその光の源を辿った。

(あれは……、メラニー?)

宙に浮かんだ魔法陣を操り魔法を発動しているのは、魔術師のローブを着たメラニーだ。

どうして魔力を持たないはずのメラニーがあんな高度な魔術を展開しているのかはわからないが、この被災した会場を見て、誰が事態の終結に力を貸したか何となく察することができた。

(……やっぱりスチュワート家の娘じゃない)

初めからあんな風にすごいところを見せていたら、彼女に対してここまで酷い劣等感と嫉妬を覚えなかったはずだ。でも、それを今更思ったところで意味はない。

温かい光に包まれて、エミリアは初めてメラニーと出会ったときのことを思い出していた。

あれは、ローレンス家が貴族の仲間入りをしてすぐに招待されたパーティーだった。

生まれて初めて参加する貴族のパーティーに精一杯のオシャレをして挑んだのに、成り上がりというだけで令嬢たちに馬鹿にされ、エミリアは惨めな気持ちになりながら、バルコニーへと逃げ込んだのだ。

寒い夜空の下で泣いていると、一人の少女がバルコニーに顔を出した。それがメラニーだった。

彼女は泣いているエミリアを見て、「大丈夫？」と声をかけてくれた。その優しい声に不覚にも更に泣いてしまい、メラニーは益々慌てた顔を見せ、エミリアの手を握ってくれた。

そして、エミリアが泣き止むまでの間、ずっと寒い夜空の下で一緒にいてくれたのだ。

それはまるでこの光のように温かく、エミリアの傷ついた心を癒してくれた。

「……本当、お人好しなんだから。馬鹿な子」

エミリアは静かに涙を流しながら呆れたように微笑んで、メラニーのその美しい姿を眺め続けた。

エピローグ

「……」

瞼を開けたメラニーは、まだぼんやりとする頭でここがクインの屋敷の自室であることに気づき、どうしてここで眠っているのか思い返していた。

確か、魔術品評会の会場で広範囲の回復魔法を使ったことまでは覚えているが、その後の記憶がない。なんだか体は怠いし、上手く頭が働かなかった。

ふと、左手が温かい感触に包まれていることに気づき、メラニーは顔を上げた。

「――クイン様？」

ベッドの縁に頭を預けるように、椅子に座ったクインが眠っていた。長い黒髪の隙間から覗く顔は何だか疲れているように見えた。

視線を動かすと、クインの手はベッドの中に伸びており、その大きな手がしっかりとメラニーの左手を握っていることに気づく。

慌てて手を離そうとしたが、クインの手がしっかりと握っており、離すこともできそうにない。

メラニーが混乱していると、眠っているクインの瞼がピクリと動いた。

「あっ……」

「ん、メラニー？」

目を覚ましたクインが、メラニーが起きていることに気づき、がばりと顔を上げた。

「メラニー！　気がついたか！　体は？　大丈夫か？」

顔を近づけたクインがメラニーの顔に触れ、顔色を窺ったり、額を触って熱をみたりと、慌てた様子を見せる。こんなに慌てた姿のクインを見ることはめずらしく、メラニーはパチパチと目を瞬いた。

「えっと、大丈夫だと思いますけれど。あ、あのクイン様――」

「良かった！」

何があったのか訊ねようとする前に、クインがメラニーの体を強い力で抱きしめた。

「く、く、クイン様!?」

思わず声が裏返る。

クインの逞しい胸板にぎゅっと抱きしめられ、メラニーは息を止めて硬直する。

「ああ、本当に良かった。……心配したんだぞ」

耳元で安堵の声を呟くクインはどう考えても尋常じゃない様子だったので、メラニーは恐る恐る訊ねた。

「クイン様？　あの、私に何があったのですか？」

「三日間も眠っていたんだ」

「三日間⁉」

メラニーが声を上げると、ようやくクインはその体を離し、メラニーの目を見て頷いた。

「ああ、そうだ。……何があったか覚えているか？」

「えっと、ガルバドを倒した後、回復魔法を使ったところまでは……何となく……」

「そのあと、急に意識を失って倒れたんだ」

クインの話ではかなり大騒ぎになったらしい。どうやら医師の見立てでは大量の魔力を二度も使ったため、相当な負担が体にかかったことが原因ということだった。

「……それでも三日も眠っていたなんて」

「目が覚めてくれて本当に良かった」

心の底から安堵の表情を見せるクインに優しく見つめられ、ドキリと胸が鳴る。好きな人からこんな風に心配されて、嬉しいと思ってしまうのは不謹慎だろうか。

「とりあえず、医者を呼ぼう。詳しい話はその後で」

そう言って、クインはすぐに医者を呼んでくれた。

医者の診察を受け、もう何も問題のないことを確認したメラニーはメイドに手伝ってもらい支度を整えると、リビングへと向かった。三日も眠り込んでいたせいかお腹が空いており、料理長が作ってくれた胃に優しい食事を摂りながら、クインから魔術品評会で起こったその後について詳しい話を聞いた。

あの後、品評会は収拾がつかなくなったため中止され、魔術を披露できなかった者たちに対する処置として日を改めて行われることになったそうだ。

そして、騒動を起こしたエミリアは現在城の牢に収監されているらしい。メラニーが眠っていたこともあって、現状まだ処罰は保留されているということだった。クインの話では裁判はこれからになるが、エミリアは素直に罪を認めており、大人しく処分を待っているらしい。

そしてその罪はエミリアだけでなく、エミリアの行動を知りながら手助けしていたジュリアンにも科されていた。事の重大さから、ローレンス家及びオルセン家にも厳罰が下されることになっている。まだその内容は決定していないが、主犯であるエミリアには処刑か禁錮刑が下されることはほぼ確定だろうという話だった。

その話を聞き、複雑な表情で顔を伏せるメラニーに、クインは更に話を続けた。

どうやらメラニー自身にも、とても重大な問題が発生しているらしい。

会場にいた貴族や魔術師たちの間で、ガルバドを倒したあの魔術師は誰なのかと大騒ぎになっているらしいのだ。

そのため、今、メラニーは国中で話題となっていた。

「……まさか、私が？」

「あれだけの大掛かりな魔術を二度も披露したんだ。当然だろう」

クインはそう言うが、自分のことなのに俄かには信じられなかった。

なんだか本当に眠っている間に色々なことが起きてしまっていて、上手く頭の整理がつかなかった。

一度に多くのことを聞き、疲れてしまったメラニーはクインからゆっくり休むように言われ、自室へと戻る。

一人になり、考えるのはこれからのことだ。それと、エミリアとジュリアンのことを考え、メラニーは顔を曇らせていた。


翌日、メラニーは気分転換も兼ねて、屋敷の庭にクインを誘った。

温かな日差しの下、心地よい風が吹いており、散歩をするのにちょうど良かった。しばらく寝たきりだったので、軽く体を動かすことは医者からも勧められていたこともあり、クインも特に何も言わずに付き合ってくれた。

「気持ちがいいですね」

「そうだな。たまにはのんびりとするのも悪くはない」

「良かったです」

微笑みを浮かべてゆっくりと隣を歩くメラニーにクインは言う。

「――何か話があるのだろう？」

「やっぱりわかりましたか？」

メラニーはクインを見上げて、困ったように微笑んだ。そして足を止めると、真剣な表情でクインに向き合った。

「クイン様。お願いがあります。どうか、エミリアの処罰を軽くしてください」

メラニーの言葉にクインは眉間に深い皺を寄せる。

「……なぜだ。彼女のしたことは許されるものではない」

「わかっています。けれど、エミリアがあんなことをしたのは私にも責任があります」

「しかし……」

「お願いします」

メラニーはきっぱりとクインの目を見据えて言った。

「……わかった。ケビンに話をしてみよう」

クインは長い前髪を掻き上げ、渋々といった様子で溜息を吐いた。

「君はお人好しだな」

「そうかもしれません。……エミリアにもよく言われました。……私、臆病で、弱くて、人の顔色ばかりを窺って……、ずっとそうやって生きてきました。大人しくしていればそれでいいと思って、自分の殻に籠ったまま、自分を変えようともしてこなかった。そんな私をエミリアは許せなかったんだと思います。だから、エミリアに裏切られ、ジュリアンにも捨てられました」

メラニーは今までの日々を思い出すように遠くを見つめた。そして、クインに視線を戻すと、小さく笑みを浮かべる。

「でも私、変わろうと思います。……クイン様が、私を信じてくれたから。だから、あの日、自分の力を信じて魔法を使うことができたんです。クイン様。私、これからもたくさん勉強します。それで、クイン様の隣にいても誇れるような立派な魔術師になりたいです」

「メラニー……」

「だから、これからもお傍にいてもよろしいですか？」

「当然だ」

自分でも気づかない内に目から溢れ出ていた涙をクインの指がそっと拭ってくれた。

そして安堵するようにメラニーが笑うと、クインは優しく腕を回して、すっぽりと覆い隠すようにメラニーの体を抱きしめた。

「君ときたら心配ばかりかけて私を困らせる。まったく、どれだけ人の心を振り回すつもりだ。目を離すわけにはいかないし、これからも一緒にいるつもりだ」

「す、すみません……」

くどくどと小言のように言われ、メラニーは思わず謝った。

「こんなに心配させられるくらいなら、いっそのこと屋敷に閉じ込めておきたいくらいだ」

「く、クイン様!?」

物騒なことを言い始めるクインにメラニーは戸惑った。でも、クインの傍にずっといられるのならそんな生活も悪くないと思えてしまう。この温かな腕の中のように、クインと一緒に過ごせたらそれはもう幸せだろう。

「その生活も悪くなさそうですね。私、引き籠るのは慣れてますから、全然大丈夫です。でも、時々は外に出していただけるとありがたいのですが……」

「……君は自分の言っている意味がわかっているのか？　まったく、君らしいな」

クインは呆れるように苦笑し、抱きしめていた体を少し離してメラニーを見つめた。

「君のことは私が守る。だから、これからも私の隣にいてくれ。弟子として、そして婚約者としても」

「……婚約者。あ、あの、クイン様。その婚約者と言うのはどういう意味ですか？」

思い切って訊ねると、クインはなぜか目を細めて不敵な笑みを浮かべた。

「もう、私の気持ちはわかっているかと思っていたが？　それともあの夜、私が言ったことは忘れてしまったか？」

「え？　あの夜？」

「仮初の婚約でいいと言ったことを後悔していると言っただろう？」

夢だと思い込んでいたあの夜をなぞるようにクインはメラニーの頰を親指で撫でた。その覚えのある感触にあの時のことが一気に脳裏に蘇る。

「――っ⁉　あ、あれって夢じゃなかったのですか⁉」

「やはり寝ぼけていたのか」

「わ、忘れてくださいっ！」

「忘れるものか。あの時、会えなくて寂しかったと言われ、嬉しかったからな。……だが、そうだな。また夢だったと思われないように今度はちゃんと言っておこう」

クインは目元を和らげ微笑むと、メラニーを正面からしっかりと見据えた。

「メラニー。君のことが好きだ。誰よりも愛している」

その告白に、かあぁと火がつくように顔が熱を持った。きっと、耳まで赤くなっているはずだ。心臓の音は大きくなるし、もうどうしていいかわからない。

けれど、メラニーの顔を覗き込んだままのクインが、返事を期待している目でじっと見つめてくるので、メラニーは覚悟を決めて口を開いた。

「わ、私も、クイン様が好きです。師匠としても、こ、婚約者としても。だから、その。……わ、私、頑張りますから、これからもよろしくお願いします」

なんとか気持ちを言葉にすると、クインが満足そうに笑って、メラニーの顎をとる。

そしてクインの顔がゆっくりと近づき、二人の間の距離がなくなった。

優しく交わされる口づけに胸の中が満たされていくようだった。

「メラニー。君のことは私が幸せにすると約束するよ」

クインの柔らかな眼差しに見つめられ、メラニーの胸はドキドキと高鳴った。

「……えっと、クイン様？」

「なんだ？」

「私、もう既にすっごく幸せです……」


スチュワート家に生まれ育ったメラニーはこの後、国一番の宮廷魔術師クインのもとで歴史を揺るがす魔術を次々と生み出すことになる。

その魔術は大きな波紋を呼びつつも、この国の発展に大きな影響を与えた。

だが、それはまだ先の話。

十七歳の少女は今、婚約者の腕の中で幸せそうに微笑むのであった。

あとがき

はじめまして。春乃春海と申します。

この度は本作をお手に取っていただき、誠にありがとうございます。

本作はＷＥＢ小説投稿サイトにて連載していた短編小説に、文庫化するにあたり大幅なエピソード追加及び改稿をした作品になります。ＷＥＢ版では語られなかったメラニーの成長物語とクインとの恋模様をたっぷりと詰め込みましたので、楽しんでいただけたら嬉しいです。

この度、文庫化のお話を下さいました担当様には感謝しかございません。本の出版という子どもの頃からの夢が叶い、大変嬉しく思っております。また、イラストを担当下さいましたｖｉｅｎｔ様、魅力溢れる美しいイラストをありがとうございます。大好きです！

その他、本作品の出版・販売に携わって下さいました全ての方々に心から感謝申し上げます。

春乃春海

「宮廷魔術師の婚約者 書庫にこもっていたら、国一番の天才に見初められまして!?」の感想をお寄せください。
おたよりのあて先
〒102-8177 東京都千代田区富士見2-13-3
株式会社KADOKAWA 角川ビーンズ文庫編集部気付
「春乃春海」先生・「vient」先生
また、編集部へのご意見ご希望は、同じ住所で「ビーンズ文庫編集部」
までお寄せください。

BEANS BUNKO

宮廷魔術師の婚約者
書庫にこもっていたら、国一番の天才に見初められまして!?
春乃春海

角川ビーンズ文庫 23207

令和4年6月1日 初版発行
令和4年7月15日 再版発行

発行者――青柳昌行
発 行――株式会社KADOKAWA
〒102-8177 東京都千代田区富士見2-13-3
電話 0570-002-301（ナビダイヤル）
印刷所――株式会社KADOKAWA
製本所――株式会社KADOKAWA
装幀者――micro fish

●お問い合わせ
https://www.kadokawa.co.jp/（「お問い合わせ」へお進みください）
※内容によっては、お答えできない場合があります。
※サポートは日本国内のみとさせていただきます。
※Japanese text only

ISBN978-4-04-112581-6 C0193 定価はカバーに表示してあります。 ◆◇◇